KUWEI
酷威文化
图书 影视

寻找时间的人

[爱尔兰] 凯特·汤普森　著
闫雪莲　译

The New Policeman

四川文艺出版社

前 言

几年前，为了给新社区中心筹集资金，肯瓦拉举行了一场别开生面的拍卖会。拍卖的东西不是待出售的捐赠物品，而是“承诺”。当地人承诺将他们掌握的技能赠予他人，比如计算机课、音乐课、装修和汽车维修等。当晚，他们也请我做了一个承诺：把某人的名字写进我下一本书里。拍到这个承诺的是当地一位出版商，她出版该地区的精美地图及旅行指南。

过了好长一段时间之后，我才开始下笔写书。在此期间，我与这位出版商在奥尔德·布莱德·肖尔酒吧（Auld Plaid Shawl）的一场音乐演奏会上碰面，讨论这个承诺的性质——只是随意聊聊，并不是什么严肃的争论。在我看来，我只需把她的名字用在我中意的一个角色上即可，她却笃信，我的书应该描绘她本人的实际生活。最终我决定坚持自己的想法，只用她的名字命名我的人物。但在接下来的几个星期和几个月里，我意识到，她的想法已经不知不觉种进我脑子里，与我的思路混合在一起，如影随形，挥之不去，于是就有了现在这本《寻找时间的人》。

这位出版商叫安妮·科尔夫（Anne Korff），你们很快就能见到她。本书还多次提到一些真实的传奇音乐家，如米科·罗素（Micho Russell）和帕迪·费伊（Paddy Fahy）等，而书中其他人物，只有两位是真实存在的，一位是赛德纳·多宾（Séadna Tobin），肯瓦拉的药店店主兼小提琴演奏家；另一位是玛丽·格林（Mary Green），格林酒吧的老板娘。

我要感谢玛丽·奥基菲（Máire O’Keeffe），她的乐曲为我提供了宝贵的帮助。

凯特·汤普森

2005 年

目录
Contents

PART 1

家族秘密

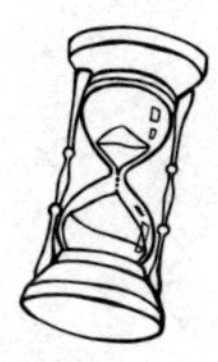

The
New
Policeman

1

吉吉·利迪和吉米·道林是无话不说的铁哥们儿，可他俩在一起的时候，经常吵架闹别扭。吉吉从来不把这些小事放在心上，因为他觉得友谊越吵越牢固，再说他们吵完就和好，不像学校里的那些丫头片子，每次都争得死去活来，非得有人占上风才罢休。但是，9月上旬——就在他们开学一周之后，两人吵了一架，这次可有点非比寻常。

当时是为了什么而吵架，吉吉已经完全想不起来了，只记得就在他们俩的争吵即将结束，准备像以前一样原谅彼此、重归于好的时候，对方扔下了一颗炸弹。

吉米说："我早就知道，跟你混在一起没什么好处。奶奶跟我说了利迪家那些丑事，我早该离你远远的。"

话音一落，吉吉愣住了，接着是一阵恼人的沉默。吉米也窘得说不出话来，他知道自己有点过了。

"利迪家的人怎么了？"终于，吉吉问道。

"没怎么。"吉米说完后就转身朝学校走去。

吉吉绕到他前面，不依不饶地问道："说呀！你奶奶都跟你说什么了？"

吉米本来可以巧妙地避开这个话题，跟吉吉说自己只是想吓唬吓唬他，没别的意思，但被其他人听到了，他没法搪塞过去了。现在不只是他和吉吉两人，另外两个家伙——艾达·柯

里和迈克 · 福特也听到了他们的对话，跟了上来。

“说呀，吉米。”艾达催促道，“你就跟吉吉说吧。”

“是呀，说吧。”迈克附和着，“不然吉吉就是爱尔兰唯一不知道的人了。”

这时上课铃响了，上午的休息时间就要结束了，但他们谁都没有动。

“不知道什么？”吉吉问道。他觉得浑身发冷，恐惧紧紧攥住了他，不是因为那即将知晓的秘密，而是因为他隐约觉察到的自己身体深处的某种东西，血液里的某种东西。

“都过去好长时间了。”吉米一边说，一边开始努力回忆。

“到底是什么事？”

“利迪家族中的一个人……”吉米的嘴巴在动，但是说出来的话含含糊糊，吉吉听不清，好像在说什么抓了毛兽。

就在这个时候，巡查的老师看到了他们，喊他们回教室。吉米朝教室走过去，其他人跟在后面。

“他做了什么？”吉吉还在追问。

“算了，别问了。”吉米说道。

最后是艾达 · 柯里说出来的，他声音那么大，凡是长耳朵的人都能听见。艾达说：“大家都知道这件事。你的外曾祖父，吉吉 · 利迪，跟你名字一样的那个家伙，杀了神父。”

吉吉停下了脚步，大声叫道：“不可能！”

“千真万确！”迈克说道，“你外曾祖父杀了人，就为了一支破长笛！”

“你这个撒谎精！”吉吉继续大叫。

艾达和迈克哈哈大笑起来，吉米没笑也没说话。

“你们利迪家的人，都是一群音乐疯子！”迈克喊道。

他又叫又跳，急急忙忙朝教室跑过去，一路跑，一路跳着夸张滑稽的爱尔兰舞蹈。

艾达小跑着跟在后面，嘴里哼着不成调的《爱尔兰洗衣妇》。吉米偷偷看了吉吉一眼，低下头跟着迈克和艾达走了。

吉吉独自一人站在院子里。不可能是真的，他想。但他知道，既然他在思考这个问题，就说明他已经开始怀疑，这里的人不会无缘无故瞧不起他和他的家人。以前每个星期六，社区里都有很多人到他家参加凯利舞会① 和集体舞课，这些人的父母和祖父母也都是他们家的常客。近几年来，大量外来户涌入这个社区，来他们家的人就更多了，有些人甚至从三十英里或者更远的地方赶来。不过，也有那么一些本地人，对利迪家族也好，对他们的音乐也好，永远是一副敬而远之的姿态。在街上碰面的时候，这些人虽然不至于远远避开他们，但也绝不会开口讲话。偶尔，吉吉也会感到很奇怪，但他一直认为是自己父母的原因，因为他们没有结婚就住在一起，当地只

① 凯利舞会是爱尔兰的一种传统聚会。在爱尔兰的乡村小镇，人们在家里或街角举办凯利舞会，在轻松自在的氛围中跳着欢快的传统舞。

有他们一家是这样。现在仔细想想，如果……如果不是这个原因呢？真正的原因是什么？难道自己真是杀人犯的后代？

“利迪！”

老师站在门口喊他，等他回教室。

吉吉有点犹豫。有那么一阵子，他觉得自己实在没有办法再踏入校园一步，可惜巡视的老师不容他想那么多。

这位老师关上了他身后的大门，质问道：“你在干什么？像个木头人一样站在外面，不回教室了吗？”

“对不起。”吉吉小声说道，“我不知道您是在叫我。”

“不是叫你，还能叫谁呢？”

“我姓伯恩，不姓利迪。”吉吉答道，“我妈妈姓利迪，这个没错，但我爸爸姓伯恩，我的名字是吉吉·伯恩。”

2

新来的警察拉里·奥德怀尔正站在格林酒吧外的大街上。酒吧的门已经闩上了，乐手们正在里面尽情演奏，各式各样的乐器声交融在一起，压过了十来个人嗡嗡嗡说话的声音。马路对面，涨起的潮水拍打着小港口的墙壁；看不见的云层之下，海水变成了青灰色，昏黄的路灯照在上面，闪烁着金铜色的光。

海面上波涛汹涌，风力越来越猛，眼看着一场大雨就要来了。

酒吧里的音乐稍微停顿了一下，大概是一支曲子结束，等待着新的开始。很快，一支孤独的长笛吹奏起来，几个小节之后，其他乐手听出了这个新曲调，轰一下加入进来，各种乐声再次交汇在一起，声势浩大，几乎要把这家老酒吧的房顶掀起来。外面的大街上，奥德怀尔警官也听出了这支乐曲，欢快的声音感染着他，挤在窄小黑皮鞋里的脚趾开始不安分地叩动，响应着酒吧里的节拍。警车就停在他身后的马路边，他的搭档特里西警官斜躺在空座上，跟着音乐敲着车窗。

拉里·奥德怀尔叹了口气，朝酒吧狭小的双扇门走过去。关于为什么要做警察，他原本能找到一个很好的理由，可他常常想不起来到底是什么。但不管是什么，都不是眼前这个：剥夺沉浸在音乐中的乐手和听众们的乐趣。在几英里之外的戈尔韦市，暴力犯罪率正急剧上升，街头帮派干着各种各样的暗杀和抢劫勾当。也许在那里，他会有更多的用武之地。但是回头一想，那似乎也不是他成为警察的缘由。很多时候，就像现在一样，他怀疑自己无论如何都找不到一个好理由。

一曲演奏完毕，另一曲又开始了。特里西警官打开警车门，车灯亮起来。拉里停下打着节拍的脚趾，抬起手轻轻敲响玛丽·格林家的门。

敲门声似乎有着莫大的威力，酒吧里，人们的喉咙不再发声，谈话突然中断，嗡嗡的声音越来越弱，直至一片安静。乐手们纷纷停止演奏，离开了座位。只有一位激情澎湃的提琴手，浑然忘我地拉奏着。有人在酒吧中间找到了她，提醒她该停下来了，于是音乐就这样戛然而止，只听见玛丽·格林走在水泥地板上的轻轻脚步声。

狭窄的门开了一条缝，玛丽焦虑的脸出现在门后。拉里看到了她身后坐在高脚凳上的安妮·科尔夫。拉里在小镇上认识的人不多，安妮就是其中一个。他实在不希望把安妮的名字记录下来。

“对不起，差一刻就一点了。”他对玛丽·格林说道。

“他们刚刚结束。”玛丽诚恳地说道，“再过五分钟就走了。”

“希望如此，”拉里说，“这对大家都好。”

拉里回到了车上，第一滴雨开始落在海面上。

3

感觉到雨滴下落的还有吉吉·利迪，或者说吉吉·伯恩——现在吉吉更愿意叫这个名字。雨滴也落在他父亲塞伦的身上，落在圆甸的最后几捆干草上。圆甸是他们家地势最高的一块草甸，父子俩正在这里将干草打捆装车。

“时间安排得不错吧？”塞伦得意地问儿子。

吉吉没有回答，他累得连说话的力气都没有了。今天晚上他打了几百条草捆，虽然戴着手套，但手指还是被绳子勒得通红。父亲问话的工夫，他已经扔出了最后一捆草。这边父亲赶紧接住，垛整齐后扔到平板拖拉机的后斗里。吉吉抱着波丝戈坐到驾驶室里，把它放在自己身旁。波丝戈是他们家的狗，岁数大，骨头僵，没法自己跳上来，但是狗老心不老，它关注着农场上的所有事情，可以说，凡是有农活的地方，就有波丝戈的身影。

塞伦踩下了离合器，老旧的拖拉机开始轰隆隆地出发，缓慢驶过新收割的草地。吉吉爬到草垛上。雨下得越来越大了，拖拉机绕过圆形古堡缓慢前进，在前照灯明亮的光束下，只见通往农场大院的小道上布满了车辙，雨滴如断线的珠子般簌簌掉落。

塞伦说得很对，时间安排得不错。刚刚收割的干草是晚季作物，吉吉家经过深思熟虑才种植的。之前他家也尝试过制作干草，可这个多雨的夏季让所有计划都泡了汤，种下的青草烂在地里，最后只得花钱找人把烂草捆成黑乎乎的草垛。湿气太重，作物不够新鲜，既不能晒成干草，也不能做成青贮饲料，顶多就是青贮半成品，不过这个结果还算乐观，好歹牲畜饿极了会吃，只是没有那么多营养罢了。因此，这茬作物来得正是时候，可以补充一些饲料，但跟需求相比，缺口还是很大。

靠天吃饭实在是一项艰难的营生。

拖拉机颠簸着前进。吉吉看着前面的驾驶室，波丝戈的尾巴左右晃动着，好像有人把它从一边甩到另一边一样。在他们的右侧，电栅栏的另一边，是莫利田，就是房子后面的那片田地。莫利原本是头驴子的名字，现在驴子早被人遗忘，名字却让利迪家的人送给了这片田野。一串斑驳的影子正穿过莫利田，就像一群鱼游向黑色的海洋深处。那是一群山羊，白色的萨能羊和棕白色的吐根堡羊，正冒雨朝院子边上的羊圈走去。

山羊讨厌下雨，吉吉也讨厌。这会儿不干活了，体温骤然下降，冷得要命。雨水顺着他的头发流到眼睛里，刺得眼睛生疼。此刻，他最想念的就是他的床！

塞伦把拖拉机摇摇晃晃地开到院子里，冲着吉吉说道："明天早上再卸吧。"

吉吉点点头，从干草堆上跳下来，打着手势指挥塞伦倒车，拖拉机刚进入茅草屋前的空位里，吉吉的母亲海伦就从后门走过来。

"神机妙算！"她说，"茶水刚刚煮好。"

吉吉好像没听见一样，径直走向他楼上的房间。茶壶还在那里咕嘟着，热气弥漫整个厨房；餐桌上的盘子里，刚出炉的烤饼散发着香味，可是吉吉看都没看一眼。他回到自己的房间，看见摊在床上的书包和没有完成的作业。他瞥了一眼闹钟，如果明天能早起半小时的话，他还可以做一点作业。

吉吉把书包和里面的东西一股脑扔到地板上，开始定闹钟，头脑里想着一个他每天都在想的问题：时间究竟跑哪儿去了？

4

说玛丽·格林想要客人留下，还真有点冤枉她。酒吧的门早就关上了，她一再恳求客人离开，因为那个新的警察已经在敲门了。大多数老客户喝完杯中酒就离开了，但有些人就是不走。有的乐手从大老远的地方赶来，这是他们多年来遇到的最棒的一次演奏会。他们的手指，他们的琴弦，他们的呼吸，还有乐器本身，仍然处在狂热的状态中，只想痛快淋漓地演奏一番。他们想请玛丽帮忙，可是他们不忍心这么做，玛丽正在地板上走来走去，双手紧紧交握，焦虑万分。此时此刻，多年难求的曲调在乐手们脑海中盘旋不去，演奏的冲动无法压制。这种情况在格林酒吧屡见不鲜，这地方就是有这样的魅力。

凌晨一点半的街道上，拉里·奥德怀尔警官站在瓢泼大雨中，完全沉浸在酒吧遮光窗帘后的美妙音乐中。特里西警官很不耐烦，走到他跟前，准备进去阻止里面的音乐会。

拉里开腔道："最好不要在乐曲中间打断他们。"但特里西已经在敲门。

玛丽打开门，恳求道："他们要走了，东西都收拾好了。"

两名警察没有理她，径直从她身边过去，只看到一双高跟鞋和一把小提琴箱从后门匆匆消失。拉里知道自己以前见过他们，也知道要想起在哪里见过是令人沮丧的尝试。其他人来不及像那两人一样溜出去，特里西警官已经穿过酒吧，拿出记录本站在后门边上了。桌子干净整洁，包括那些被乐手们围住的桌子。这些人聚在一起是为了音乐，不是为了喝酒。尽管如此，他们还是违反了法律。

特里西警官开始记录乐手的名字，拉里也掏出了自己的小本子。

"不需要这么做吧，"玛丽·格林无可奈何地说道，"他们马上就走了。"

安妮·科尔夫仍然坐在临街大门的高脚凳上。拉里打开笔记本，拧开钢笔的笔帽。

"名字？"

"呃……露茜·坎贝尔。"安妮·科尔夫用浓重的德国口音说道。

"露茜·坎贝尔？"拉里一脸严肃地盯着眼前这位女士。

她脸上露出一抹温柔的微笑："是的，露茜，雨字下边一个——"

拉里叹了口气："我知道怎么写。"他记下了这个名字，别的忙他也帮不上。他知道她的真名，他不知道的是，彼时她也知道他的真名。

5

吉吉起床的时候，母亲海伦已经挤完了羊奶。桌子上放着一壶茶，吉吉一边赶作业，一边喝了一杯。海伦进屋时，他刚绞尽脑汁做完数学题，正苦苦思索历史论文该怎么写。海伦在吉吉旁边轻手轻脚地干着活，换上新茶，拿出麦片和牛奶，切面包做吐司，但吉吉知道妈妈的视线停留在新数学作业本的封面上。他以为妈妈不会在意这件事，但他错了，她很在意。

"你怎么突然变成吉吉·伯恩了？"

他有点费力地放下手中的笔："同学们都是随爸爸姓的。为什么我就不行呢？"

"因为你是利迪家的后代，"海伦说，"这就是为什么。"

吉吉听出妈妈声音里的不满。她其实无须提醒他这个姓氏对她的重要性，但她自顾自地说下去："这栋房子里世世代代都住着利迪家族的人，你知道这一点，你知道这是我和你爸没有结婚的一个原因，这样你和玛丽亚就会随我的姓。你是利迪家的后代，吉吉。你爸爸都不介意，你有什么可介意的？”

吉吉耸了耸肩：“我只是想随爸爸姓，就这样。”

吉吉知道妈妈没有接受这个理由，她也不会接受。但她不再纠缠这个话题，而是把烤好的吐司放在桌上，趁热涂着黄油。吉吉想，关于利迪家的传统，他和利迪家的关系，他已经听人说了，应该让妈妈明白这一点，但他不想在这个时候引来更多麻烦，反正她很快就会知道了。

塞伦从楼上走下来，吉吉的妹妹玛丽亚紧紧跟在后面。这对父女在早晨总是兴高采烈而充满活力，吉吉和妈妈可不是这样，他们至少得一个钟头才能缓过劲来，迎接新的一天。因此父女俩活泼的问候总是得到沉闷的回应。

“今天放学后有什么事吗？”塞伦问道。

“曲棍球投掷训练，”吉吉答道，“六点半结束。”

“到时候我去接你。”塞伦说，“我可以先去取啤酒。”

吉吉没有回答。每月第二个周六，凯利舞会开始之前，利迪家都会准备好啤酒，这个传统已经延续了好几代。海伦为舞者拉手风琴，镇上的吉他手菲尔·戴利负责调换舞曲。吉吉两年前加入了演奏，一般是拉小提琴，有时也会吹长笛。

“咱们还没有排练那些舞曲呢，”海伦说道，“真不敢相信已经星期五了。你说今晚咱们能抽出点时间吗？”

吉吉伸手拿了片吐司，没有接话。因为今晚他们不会排练新舞曲，每个晚上都差不多，像打仗一样忙这忙那，要做的事情一大堆。

“时间差不多了吧？”塞伦说。

他们都转过身来看时钟。十分钟内要吃完早餐，赶上校车。吉吉一口吞下嘴里的面包，开始收拾书包。

6

时间总是不够。夏天尤其忙碌，农场总是有干不完的活计；但冬天也好不到哪里去，虽然日常做的事情就那么几件，但是天光变短，一小时、一天、一周匆匆而过，时间还是不够用。塞伦在都柏林出生和长大，是一位诗人，曾有两部诗集获得过著名奖项。认识海伦后，他来到肯瓦拉，和海伦一起生活在她家的农场。刚开始的时候，他设想着过一种田园诗般的生活。农场后院就是著名的巴伦风景区，那里有让人叹为观止的石灰岩山系。他想象自己活得逍遥自在，或者随心所欲地散步，或者数天数周待在自己的书房里，完成一部又一部的诗集，一部比一部出名。但这一切从未发生过。他收入微薄，靠做校对、补课和在学校当兼职老师贴补家用。在有点空闲时间的时候，他也不会去做那些设想好的事情。这些年来，每当别人问他靠什么谋生，他就说：“我是一个诗人。”然后补充道，“传说中的诗人。现在都没有什么时间好好写诗了，就算来了灵感，也没工夫写出来。有东西在吞噬我们的时间。”

时间压迫着他。他越想挤出点时间写作，时间就跑得越快。

并非只有利迪家，或者说利迪–伯恩家（有些人也这么叫他们）觉得时间不够，大家都觉得时间不够。这也可以理解，有很多人家，父母成天在外忙活，陪孩子的时间少得可怜。老人们说，这是因为他们要做的事情太多了。也许这种说法是对的，现在的人们拥有太多选择。电视和电脑无处不在，占用了大量时间，其他的就不用说了。即便是在肯瓦拉这样的小地方，也有无数的课后活动等着孩子们：空手道、篮球、戏剧等。但无论怎么忙碌，也应该有享受生活的时间呀！比如，在乡村的小道上漫步；到山上捡拾黑莓；悠闲地躺在夏日的草地上，看白云飘过；还有爬树和掏鸟窝等。也应该有时间读书、发呆、静思，偶尔做点无聊的事情，比如看雨滴从窗玻璃上滚落；盯着天花板上的裂缝，研究上面的花纹；沉浸在天马行空的白日梦中……可这样的时间，却一点也没有。只有少数人把这些视为生活中必需的一部分，大部分人疲于奔命，孩子们甚至没有时间恶作剧。整个镇子，整个郡，甚至整个国家里的人，都处于长期缺时间的状态中。

“以前可不是这样的。”老人们说。

“我们年轻的时候可不是这样的。”中年人说。

“这真的是生活的全部吗？”年轻人，在极其罕见地有点时间思考的时候，会这么问。

有一段时间，只要天气反常，人们就在谈论这个。后来他们就不再谈论了。有什么意义呢？再说，谈论时间的时间在哪里？人们甚至不再互相拜访，不再坐下喝喝茶、聊聊天。大家都在奔忙，或者在去某地的路上，或者盯着眼前的事情，或者急于找到某个人，而最常见的情况是，气喘吁吁地追赶自己。

校车像往常一样准时到达，吉吉在最后一刻赶上了。这辆校车一直在同样的路线上行驶，在固定的站点停靠，从未改变。但这些天，不知何故，校车总是无法准点赶到学校。道路狭窄拥挤，司机开得飞快。一周内总有好几次，他把自己和所有乘客的性命置于一英寸见方的范围内，想想都危险。但是不能责怪他，其他人都开得那么快，他也没有办法。每个人都在努力追赶失去的时间。

吉吉找到一个空座位坐下来。以前他每天都坐在吉米·道林的旁边，但自从上周吵架之后，他们就不再一起坐了。那天过得实在糟糕，从那以后，吉吉就没法与朋友们打交道了，他正试着成为一个局外人。他们讲的那些事情，他很想问问妈妈，但他鼓不起勇气。一定有一些黑暗的秘密隐藏在那里，否则妈妈为什么从来不谈论她的爷爷？当然，妈妈提到过他，可那是在学习乐曲的时候。吉吉已经学会不少外曾祖父留下来的曲子，他还经常和妈妈一起演奏这些曲子。但除此之外，她没有讲过任何关于外曾祖父的事情，包括为什么给吉吉起一个同样的名字。谈论家庭琐事并非他们家的禁忌，可为什么要刻意避开有关外曾祖父的话题呢？其中必有蹊跷。

校车来了个急刹车。为了避开迎面而来的运牛车，司机猛转方向盘，把校车扭到路边的篱笆上。吉米·道林不知为什么要在这个时候站起来，结果一下子摔倒在座位之间的过道上。他挣扎着从司机身旁站起来，司机怒视着他，大声喊道："回到你的座位上，听见了吗？别给我捣乱！"

然后他拼命换挡，只听见齿轮大声摩擦，这辆破校车恢复了原先的速度，再次冲向戈特的学校。吉吉看了看表，已经迟到了。他发誓自己甚至看到了分针的移动。

吉米·道林走过吉吉前面的空座，重重地坐在吉吉身旁。吉吉没说话，心里暗自嘀咕：这就是吉米站起来的原因吗？这是想要和好的意思吗？如果是这样的话，我该怎么回应他？吉吉不确定自己是否还有心结，于是他转头向灰蒙蒙的窗外看去。

"你去俱乐部吗？"吉米问道。

吉吉假装看着外面湿漉漉的田野，好多湿漉漉的牛站在那里。吉米是在开玩笑吗？是想找麻烦吗？吉吉瞥了一眼吉米，这个家伙正面无表情地盯着自己的书包。后面的座位上，两个女孩低声讨论着眼线的问题。吉吉一言不发，看上去没有和好的意思。吉米知道吉吉不会去俱乐部，因为他的年龄组在周六晚上，而这正是吉吉给舞蹈课伴奏的时间，一直以来都是如此。但那是吉吉·利迪的活动。吉吉·伯恩会不会有别的选择？会不会去俱乐部？

“可能会吧。”吉吉终于开口了。

吉米脸上露出了笑容。他开心地说道：“好哥们儿！咱九点半从镇里搭便车过去吧。”

校车在学校大门外停了下来。吉米站起身，加入了鱼贯而入的学生们。他边走边问吉吉：“我在二十号码头接你。行吗？”

吉吉点了点头，再一次看了看表。迟到十分钟。还好迟到的不只他们，这天所有的校车都晚点了。

7

在戈特附近的警察局里，新警察正在被上司盘问。他用洗衣机洗了装有记录本的裤子，结果裤子完好无损，记录本却面目全非。现在搁在厄尔利队长桌上的东西，只能称之为一团纸浆。这下，昨天半夜在格林酒吧被盘问的人，露茜·坎贝尔也好，其他用假名或真名的肯瓦拉居民也好，都不会被罚款了。玛丽·格林呢，既不会被罚款，也不会被吊销营业执照。特里西警官的记录本倒是完整无缺，既没有被洗衣机蹂躏，也没有受到别的虐待，但那上面只记录了一半人名。等到了法庭上，拉里·奥德怀尔糟糕的书面证据会被判定无效，这个案子也只能被一笑置之。

“开局不利啊，奥德怀尔。”厄尔利队长说道。

拉里不置可否。

“他们没教你怎么用泰姆坡街的洗衣机，是吗？”

“是的，长官。没有。”实际情况是，从来没有人教他怎么用洗衣机。如果昨晚房东太太没有出去和朋友们喝酒，他也不会想着去鼓捣洗衣机。能搞清楚洗衣机的用法，洗好衣服，他还觉得是一个很了不起的成就呢，可惜这里不是寻求祝贺的好地方。

“再发你一个记录本，你能保管好吗？我们还能信任你吗？”

“您可以信任我，长官。”

“好吧，那你每天回家之前，都把本子放在局里。这个能做到吧？如果真需要洗一洗了，那也让我来洗。”

特里西警官忍不住大笑起来，但队长仍然是一副面无表情的样子。拉里盯着桌子背后的窗户，数着上面的雨滴。他必须克制住自己的坏脾气，这是第一条原则。如果这会儿发脾气，天知道会带来什么后果，那对任何人都没有好处。

“现在，”厄尔利队长说道，“我发你一个新本子。你跟特里西一起，去德斯·汉隆的修车厂瞧瞧。昨晚有人偷了他的工具。你们跟他了解一下情况，看看周围有什么可疑的地方。”他转向特里西警官，“你知道怎么做吧？”

特里西点了点头走出去。拉里拿着新记录本，拖着沉重的步伐跟在他后面。他知道，工具对人们很重要，特别是用来谋生的工具。但拉里·奥德怀尔可以肯定，寻找偷盗之物也不是他成为警察的原因。

8

吉吉一回家就闻到了厨房里炖羊肉和新鲜面包的香味。塞伦正在院子里忙活，他要把啤酒桶卸下来，搬到改造过的谷仓里，现在他们家的舞会都在那里举行。吉吉扔掉书包，把茶壶放在火炉上，这时海伦从厨房边上挨着杂物间的奶酪室走进来。

“今天怎么样？”海伦一边问吉吉，一边扯下头上可笑的白帽子，根据欧盟法律，做奶酪的时候必须戴上白帽子，“晚饭前想快速过一遍那些舞曲吗？”

吉吉大脑一片空白，心情骤然沉重起来：“我累得不行了，”他说，“我得去冲个澡。”

“那就去吧，”海伦说，“我先给你煮杯茶。过一遍不会花很长时间的，反正大部分你记得。”

的确如此。吉吉在娘胎里就开始听传统音乐了。他知道成百上千首乐曲，现在说不定都有成千上万首了。舞蹈课的前一周，海伦记起了几首老式吉格舞曲[①]，想教给吉吉，他们还想好了几首里尔舞曲。这些舞曲倒是吉吉原来知道的，但也需要复习一下，这样给舞者们伴奏时，可以更流畅一些。吉吉和大多数在传统家庭中长大的年轻人一样，有着惊人的乐曲学习能力。他从五岁就开始演奏，刚开始是口笛，接着是长笛，现在是小提琴。大约过了九、十岁以后，他就在这一带顶尖的演奏乐坊里学习。他能在五分钟之内学会新的曲调，能很快回想起以前学过但暂时忘却的曲子，因此他们只要简单练习几次就行了。但是吉吉并不想去拿乐器，拿出乐器说明他明天还会在家伴奏，可是他已经决定去俱乐部了。他应该提前告诉妈妈，但他不知道怎么开口。

对儿子的心理活动一无所知的海伦，还像平常一样唠叨着：“去吧，把要洗的衣服拿下来。”

吉吉跑上楼梯，回到自己的卧室。卧室里到处都是奖牌、奖杯和奖章，如果在地板上跳一下，整个房间都会哗啦哗啦地响。他本来在木工课上做了一个开口柜，打算摆放这些东西，

---

① 吉格舞是一种活泼欢快的爱尔兰和苏格兰民间舞蹈，爱尔兰流行的踢踏舞经常用吉格舞曲伴奏。

只是一直没有时间把柜子装在墙上，于是这柜子只能搁在地板上，靠在一堆抽屉中间，成为凌乱的一部分。看，又是一项被推迟的以为马上就能完成的小任务，总觉得会有时间的，总觉得只要忙完手头的事情，就会去做这件事，可是总也腾不出手来。

这些年他获得的奖项可不少，有小提琴和长笛演奏的，有曲棍球投掷的，还有跳舞的。小学六年级时，他的踢踏舞已经全校无敌了，教他的女老师认为他日后能成为爱尔兰冠军。不过到了中学以后，她的期望破灭了，因为那个时候迈克尔·弗莱利[①] 已经出名，他的《大河之舞》震惊了整个爱尔兰、整个西方，乃至整个世界。但是，在戈特的学校里，迈克尔和他的舞蹈并没有什么影响力。大家都认为，跳舞是过时的、前途不明的活动，只有傻瓜才去跳舞。吉吉最终放弃了。相比之下，演奏音乐更容易被人们接受——至少不会招致反感。因此，吉吉继续拉小提琴、吹长笛，参加音乐比赛，获得一座又一座奖杯。如果不是因为时间问题，他现在还会去参加比赛。

今年夏天本来有几场比赛，但吉吉一个也没能参加上。他

---

① 迈克尔·弗莱利，美籍爱尔兰裔踢踏舞之王，1958 年 7 月出生于美国芝加哥。1994 年，他独自编导并领衔主演了《大河之舞》，创造了一夜走红的传奇，将爱尔兰的踢踏舞，连同爱尔兰的民族文化，推向了整个欧洲乃至世界。离开《大河之舞》之后，他于 1996 年创编了《王者之舞》，使之成为全球最卖座的爱尔兰舞剧。迈克尔目前仍致力于爱尔兰踢踏舞的推广工作。

在忙忙碌碌中错过了所有这些活动，甚至没有时间去想这个问题，想想手头要做的事情可比那些音乐比赛重要多啦！

他的小提琴挂在墙上。那是一件漂亮的乐器，所有拉过它的人都对它梦寐以求。不管最初的节奏多么奔腾激烈，只要音乐从这把小提琴里流淌出来，就会变得既振奋人心，又温柔甜蜜。吉吉的视线停留在小提琴上，心里默默品味着拉它的感觉，脑海里浮现出演奏时的场景。为什么喜欢拉小提琴？有些人可能会说，他从小就得到良好的训练和教导，因此他拉得不错。再说，拉小提琴还给他带来了奖金和荣誉。但是，这些东西都不是他如此痴迷于小提琴的原因，他对小提琴无法抑制的冲动是源于那种温柔的震颤，那种心底的渴望，那种手指触到弓和弦时无与伦比的愉悦之感。一切都是因为热爱。不管怎样，吉吉 · 利迪是这样子的，那吉吉 · 伯恩呢？

正当吉吉想得出神的时候，妈妈在楼下叫他了。

“来啦！”吉吉大声答道。

吉吉的衣服有一半随意丢在地板上，有的是脏的，有的是干净的。那些家伙都穿什么去俱乐部呢？他从来没去过，也想不出朋友们去俱乐部时穿的衣服。吉吉打开了放牛仔裤的抽屉，里面有他最好的裤子，都是听弥撒的时候穿的。但是这些裤子会不会太抢眼呢？他可不想穿得像个傻瓜一样。那么，穿什么呢？

“吉吉？”海伦又叫了一次，“快点，咱们没多少时间了。”

吉吉以最快的速度从房间这头跑到那头，一边跑，一边把地上的衣服抓起来，扔到一处，拿脚踢成一堆，然后抱着冲下楼梯。先把这些都洗了，回头再决定穿什么吧。

海伦坐在炉子旁边，把手风琴从盒子里拿出来。从前总是在这间老旧的大厨房里演奏音乐，舞会也在这里举行。海伦常跟客人们讲起这些往事，给他们看上几代人跳舞的场地，石头铺成的地板被磨得光光的。转到谷仓跳舞是海伦的主意，那时她的母亲还健在，坚决反对她这么做，但看到实际效果后就不再说话了。后来，她母亲终于不情愿地承认，谷仓是非常合适的跳舞场地。现在吉吉环顾厨房，很难相信四组集体舞能在这里展开，这需要三十二位舞者同时起舞。厨房虽然很大，但也没大到那个程度。不过，海伦发誓说这里确实跳过四组集体舞，伴奏的就是她和她的母亲。

吉吉把衣服扔进洗衣机，那边海伦的手指已经在手风琴的按钮上移动。他听到几个试验性的音符，看来妈妈正在记忆中搜寻那些古老的曲调，准备一会儿教给自己。吉吉想把洗衣粉倒进洗衣机，但杂物间里有三个洗衣粉盒子，他不知道洗衣粉装在哪个里面。吉吉挨个检查过去，终于找到还没用完的那一盒。唉，又一项被推迟的任务：整理杂物间。吉吉设好洗衣机程序，按下开关，跑上楼去取小提琴，刚把小提琴从墙上拿下来，就听到了敲门声和从小门廊传来的说话声。

“有人在家吗？”

他其实早就料到了。这些天来老是这样，刚挤出点时间来干个事情，就会被打断。某件意料之外的事情、某个不期而至的人，走过来把时间偷走了。

9

来者是安妮 · 科尔夫，她不需要主人给她看厨房磨光的石板，因为她经常来这里。安妮在这个地方生活了二十多年，她经营一家小出版公司，制作巴伦景区的书籍和地图。她对这片地区的地形很熟悉，比一辈子生活在这里的人都熟悉；她还有着强烈的环境保护意识，一点也不能容忍破坏环境平衡的行为。

吉吉走下楼梯，一手拿着小提琴，一手拿着琴弓和松香。安妮的小猎犬洛蒂冲他摇着尾巴，但不敢从安妮身后跑出来。波丝戈坐在炉旁自己的地盘上，它一边保持着英雄般的大度，一边警惕地盯着洛蒂。

“啊，你们要演奏了，”安妮说，“我打扰你们了。”

“哪里的话！”海伦真心实意地说道，几代相传的好客精神在她血液里流淌，没有什么事比待客更重要，哪怕是音乐，“坐下来喝杯茶吧。坐吧，坐吧。”

安妮比一般人更能体会到时间的压力。“不用麻烦了，真的，”她说，“我只是路过你家，想顺道拿点奶酪。”

海伦做的奶酪大都是直接卖给批发商，再由批发商分销到全国各地的熟食店，但也有人像安妮一样，喜欢上门直接购买。

“没问题。”海伦说，“不过反正也是等着，不如先喝一杯茶。”

“不了。”安妮说，“我很愿意喝一杯，但我正在赶一本新书，忙着编辑呢。现在的时间越来越少了。”

“我明白，不用跟我说啦。”海伦有点无聊地说，“我先给你拿奶酪吧。”她朝门口走去，“要一块小的，对吗？”

“吉吉，你最近还好吗？”海伦走开以后，安妮问吉吉。

“很好。”吉吉机械地说，“你呢？”

“很好，很好。”安妮·科尔夫说，“这些天你又长高了不少。可以去俱乐部玩了吧？有没有参加类似的活动？”

安妮可真是哪壶不开提哪壶。海伦取到了奶酪，用油纸包好，走了过来。她神色如常，应该没有听到安妮的问题。

“这块行吗？”她问。

“行。”安妮说，她转向吉吉，“你知道你妈妈做的奶酪是全国最好的吗？”

“啊，好了，好了。”海伦说着把奶酪放在门旁的梳妆台上。

安妮一边付钱一边说：“不忙不忙，我还想出去走走。在你家附近看看，你不介意吧？”

“怎么会？”海伦说，“你想到哪儿就到哪儿，没关系的，安妮。”

“我知道，本来也没什么。”安妮说，“我就是看到你家牧场上边有一座圆形古堡，我以前没注意到，好像地图上也没标记过。这座古堡很漂亮，保存得也不错。”

“确实不错。”海伦说。

小猎犬洛蒂越来越不安分，它大着胆子从安妮身后跑出来，在厨房里四处转悠。

“不过，只是……”安妮说，“我看到那片地被推平了。”

吉吉看到母亲的脸上现出了一丝怀疑。布伦边上有很多粗糙多石的土地，对农民来说，这些土地没有多大用处。过去人们手工清理了一些，有了推土机后，又用机械方式整平了一些。这几年，随着环境保护法的颁布，推平土地成了非法行为。吉吉和他妈妈一样，以为安妮想说他们违反了法律。

“那是很久以前的事了。”海伦说，“我还是个孩子的时候，那些地就被整平了。”

“是啊，”安妮说，“能看得出来。我感兴趣的是，人们会那么小心地保护古堡。在那个时候，就有人这样尊重古迹。”

“不光是那个时候，”海伦说，“现在也没人敢碰神仙的地盘，听说这么做会带来厄运。”

“他们还相信那些说法？”安妮说。

“是的，据我所知是这样的。”海伦说。

洛蒂在梳妆台的周围嗅来嗅去，还把地上的面包屑吸起来。吉吉看得出波丝戈的忍耐已经到了极限。

“听你这么说我很高兴。”安妮说，“古堡保存得非常好，下次修订地图时，我会把它放上。你介意吗？”

“为什么要介意呢？”海伦答道。她并不介意人们踏上她家的土地，塞伦也是这个态度，他一直认为，谁都不能说自己是某块土地的绝对主人，就算地政局那里有明确记载。

“古堡下面有个地宫，你知道吗？”安妮问。

“不知道。”海伦说。

“地宫是什么？”吉吉问道。

“地底下的房子。”安妮说，“大部分圆古堡都有地宫，有的有好几个房间，还有很好看的石板顶。你没去过这样的地宫吗？”

吉吉摇了摇头。他没有，但是他听说过。他的很多朋友去过，他们称之为洞穴。

“回头我带你去看看。”安妮 · 科尔夫说，“有空的时候去我家吧，离我那里不远就有一座古堡，我带你去看看。”她转向海伦问道，“那么，这座圆古堡，你们挖掘过吗？”

情况突变，海伦顾不上回答了。吉吉本来可以阻止这件事，他一开始就感觉到了不妙，但地宫的话题分散了他的注意力，害他没有盯住波丝戈。原来洛蒂跑到了波丝戈的饭盆跟前。饭盆里面什么都没有，但是老狗波丝戈可不管那么多，它的护食欲不是一般强。于是，两只狗开始互相咆哮和吠叫，之后突然互相追逐起来，刹那间满屋都是狗的身影。两边的狗主人大喊大叫，让它们停下来。安妮瞅准了一个时机，一把抄起瑟瑟发抖的小猎犬，它待在主人怀里，用一种受伤的表情窥视着大家。

“很抱歉。”安妮说，“看来我们得走了。”

“需要搭车吗？”

“不，不。我的车就在山底下。”然后她就离开了。

海伦坐下来，拿起手风琴，吉吉开始用松香擦拭琴弓。还没等他们开始，塞伦进来了。

“安妮·科尔夫想干吗？”他问屋里的两个人，不等回答他就又自顾自开口，“这会儿羊肉肯定炖好了。玛丽亚在哪儿？”

“她在背诵剧本台词。”海伦说，“不过我们得过一遍舞曲，大家等一会儿再吃东西吧。”

塞伦出去找玛丽亚，海伦的手指开始按动琴键。她给了吉吉一个 A 调，吉吉开始给小提琴调音。海伦根据记忆摸索着她想要的曲调，很快，一支动人心弦的吉格舞曲从手风琴的风箱里传出来。吉吉从来没有听过这支舞曲。

海伦连着弹奏了两次。吉吉说道：“太美了！这支舞曲叫什么名字？”

“名字我想不起来了。以前我爷爷经常弹这个曲子。”

母亲的爷爷，也就是他的外曾祖父。吉吉的心情一下子掉到了谷底。“他是用长笛吹的，是吗？”他问。

海伦抬起头来：“你怎么知道的？”

他没有回答。

“吉吉，”海伦从他的表情看出了不对劲，“有人跟你说什么了吗？”

塞伦和玛丽亚像一阵风一样跑进来。“我们要投否决票，”塞伦说，“二对二。玛斯[①]得去表演戏剧了。咱们现在就开饭！”

这一次，吉吉和海伦都没有反对。

10

“开饭啦。”塞伦端过汤锅放在餐桌上，一屁股坐下来，接着念叨，“在咱们的嘴巴塞满食物之前，在电话铃响起之前，在山羊再次逃跑之前——”

“在安妮·科尔夫回来取奶酪之前。”吉吉插了一句。

“什么？”海伦有点莫名其妙。

“在咱们谈论安妮·科尔夫的奶酪之前，”塞伦自顾自地

---

① 玛斯是玛丽亚的昵称。

说下去，“我有话要讲。”

“你最好快一点。”玛丽亚一边说，一边把炖羊肉舀到自己的盘子里。

“我很快就说完。”塞伦说，“你想要什么生日礼物？”

海伦接过玛丽亚递给她的长柄勺，伸到汤锅里，准备舀点羊肉汤，突然她意识到塞伦是在跟她说话，于是问道：“你不是在说我吧？”

“我就是在说你。”塞伦说。

“不会吧，我才刚刚过完生日。”海伦说，“我只有一个生日。”

“我明白你的感觉，”塞伦说，“你上次过生日好像就在一个月前，但那匆匆一个月实际上是匆匆一年。过完那个生日三周之后，你的这个生日就来了。但我们感觉好像才过去三天。”

“哦，不会吧！”海伦懊恼地说道，“我都四十五啦！”

“不对，是四十六。”玛丽亚纠正道，她是个爱说实话的孩子。

“不可能！”海伦说。

“那就算二十一吧，”塞伦说，“对我们来说都一样。说吧，想要什么生日礼物呢？”

海伦放下勺子，重重坐回到椅子上。吉吉拿起勺子，把炖羊肉舀到她盘子里，然后给自己也舀了一些。

“不知道。”海伦说，“我没什么想要的东西。”

“好吧。”塞伦说，“那就好办了。”

“时间。”海伦好像自言自语，“我想要的是时间，没别的。”

“我明白了。”塞伦若有所思地说，“夫人希望如何度过时间呢？在阿尔加维待上一星期？在斯皮德尔玩个两星期？”

海伦摇了摇头：“我说的不是那种时间，是普通日常的时间。比如每天多几个小时。”

“没法实现的要求。”玛丽亚说。

“办不到吧。”吉吉说。

“永远别说不可能。”塞伦说，“‘有志者事竟成’，这句老话你们听过吧？”

“又一次家庭争吵。”玛丽亚冷静地评论道。

“总会有办法的。”塞伦说，“什么事情都能办到。要不吉吉来准备这个礼物吧。我跟玛斯送你点什么好呢？”

但海伦没有聊天的心情。她的心思还在吉吉那里，她想着吉吉刚才说的话，她的爷爷。是该让吉吉了解一点家族历史了。

吃完饭，塞伦和海伦出去赶山羊回圈，吉吉和玛丽亚在家打扫厨房和刷碗。等叮当哗啦的响声过去后，吉吉尽可能自然地问妹妹：“现在的男孩子们去俱乐部时都穿些什么？”

妹妹直直地盯着他：“俱乐部？你要去俱乐部吗？”

“不去！我只是好奇，随便问问。”

“你明天要去吗？你有女朋友了？”

“说什么呢，我没有女朋友！”

“但你要去俱乐部，是吗？真的吗？妈妈知道吗？”

想从玛丽亚那里蒙混过关是不可能的，什么都逃不过她的眼睛。再说，有一个知道自己秘密的人也好，吉吉突然有种如释重负的感觉。

“还不知道。”吉吉说，“别告诉她，好吗？我可能根本不会去。”

“你必须告诉妈妈。你不能把她丢在那里，让她一个人伴奏。”

“为什么不能？妈妈不需要我。以前都是她跟菲尔两个人在弄。”

“可是现在不一样了。你是乐队的一部分，有一半的舞曲要靠你。”

“妈妈不需要我，玛斯。再说了，你要是那么担心，为什么你不去呢？”

“我拉得没你好，这就是为什么。”

“你拉得很好。我加入乐队的那会儿，你就拉得跟我一样好了。”

这是实话。吉吉和海伦总想说服玛丽亚加入。她拿的奖牌和奖杯几乎和吉吉一样多，而且她还在上小学，有足够的时间。她也跳舞，并且会一直跳下去，吉吉知道，即使上了中学，她也会继续跳的。玛丽亚才不管别人怎么看她呢。

“告诉我好吗？”他回到开始的话题，“那些家伙到底穿什么去俱乐部玩呢？”

玛丽亚耸了耸肩：“我不知道。就是知道也不会告诉你的。”

吉吉还想再问下去，但是来不及了。塞伦在门口大声催促，玛丽亚看了看墙上的时钟，抓起剧本冲出了家门。

吉吉独自一人刷着碗。小提琴还在长条椅上放着，他抵制住了拿起它的诱惑。打扫完厨房后，他把洗好的湿衣服放到烘干机里，然后回到楼上继续思考着装的问题。

新买的运动鞋应该可以。爸爸塞伦坚决不允许血汗工厂生产的东西进入家门，因此这双鞋子不是什么名牌，但鞋的样式还是挺酷的。好的，鞋子决定好了，但是别的呢？吉吉实在不知道该穿什么。他是个没有时尚感的人，从小到大，都是妈妈给他买衣服，现在也是。要不给吉米打个电话？听上去会不会像个傻瓜？可能会吧。不过肯定比看起来像个傻瓜好一些。他走到楼下准备打电话，这时海伦在过道上截住了他，她挤完羊奶回来了。

“你忙吗？”海伦问道。

这通常是需要帮助时说的话。吉吉想找个借口，但他反应太慢了。和以前一样，他错过了时机。

“我想和你谈谈，”海伦说，“关于我爷爷的事情。”

11

新警察拉里下班了，他开车行驶在布伦中心区的窄道上。他开得很慢，一方面是因为他开始开车的时间并不长，也不喜欢开车；另一方面是因为他在找东西。到底在找什么，他自己也不清楚，但他觉得，或者说他希望，看到这个东西的话，他能想起来。

拉里把车停到路边，好让另一辆车开过去。对方并不需要整条路，但他觉得这样可能更安全一些。然后，他找到了一个方便停车的地方，决定下车散散步。他爬上最近的墙，在岩石之间穿行，从一块石板跨到另一块，小心翼翼地避开危险的裂缝，一边走一边想着心事。他在想今晚拜访格林酒吧是否恰当。他的念头转到厄尔利队长和特里西警官那里，如果他们知道了，会大吃一惊吧。但现在是下班时间。他能想到的工作守则中，并没有限制警察去酒吧这一条。

他转到左边，爬上石头林立的山丘，在山顶看到了一派壮观的景色：灰色的山系绵延不绝，一直伸展到天际；西边的太阳变成了巨大的金黄色圆球，正在快速下沉。这景象让他想起了家乡，还有来这里要寻找的那件难以捉摸的东西。这简直就是大海捞针。不对，大海捞针这个比喻不够贴切，比起他这种漫无目的地寻找，大海捞针可算容易多了。

时间流逝得太快，太快了。

12

对海伦要说的事情，吉吉既好奇，又害怕。

“我们喝杯茶吧。”海伦说。

茶是他们的动力之源，是他们的解忧之饮，不管日子多么忙碌，他们都要抽出一点喝茶的时间。冬天的时候，炉子点起来，茶壶坐在上面，时刻准备着，给需要的人煮上一杯。现在还没有那么冷，但客厅一直很潮湿，所以在海伦用电热壶烧水沏茶的时候，吉吉点燃了壁炉里的几块煤球。然后，他什么也没说，悄悄把电话机放回了原处。玛丽亚今天不回家，戏剧表演结束之后，她会在朋友家待一晚。塞伦把玛丽亚送走之后，直接去了戈尔韦，参加当地的反战团体会议。也就是说，只要没有电话过来，吉吉和妈妈就会有一段难得的安静时光，可以不受打扰地聊聊天。

天色渐渐暗下来，壁炉中的火苗微微跳动，壶里的茶水咕嘟着。吉吉拉上窗帘，海伦在墙边钢琴旁的橱柜里找东西。吉吉在这边倒茶时，海伦已经在那边找出一个破旧的棕色大信封，她打开信封，查看着里面的东西。吉吉递给海伦一杯茶，海伦递给吉吉一张折了角的黑白照片。她把椅子拉过来，跟吉吉一起看这张照片。

照片的背景是他们现在身处的这栋房子，利迪家在这里住了好几代了。照片里的房子看上去很新，而且比一般的爱尔兰农舍大得多。那时候利迪家的人都很有影响力，可不像现在这么普通。房子前面站着七个人：三个男人、一个女人，还有三个孩子，其中一个是女孩，两个是男孩。照片上的人都拿着乐器，表情十分严肃，甚至有点严厉，这跟吉吉见过的老照片都不一样。

“这张照片是 1935 年拍的。”海伦说，“拿小提琴的女人是我的奶奶，你的外曾祖母。她旁边的人是吉尔伯特·克兰西。”

“吉尔伯特 · 克兰西？让我看看。”吉吉听说过这个人，他的儿子威利 · 克兰西[①]更有名，传说中的盲人风笛手加勒特 · 巴里把自己的很多曲子传授给了威利 · 克兰西 。

“吉尔伯特是利迪家的好朋友。”海伦说，“他经常待在这里。”

“威利来过吗？”

“来过很多次。”海伦边说边指着照片中的另一个男人，“这是你的外曾祖父。那支长笛是他用车轮辐条做的。”

“真的吗？”

“绝对是真的。”海伦说。

---

① 威利 · 克兰西（1918—1973），爱尔兰优秀的长笛演奏家与歌手，出身于音乐世家。其父吉尔伯特 · 克兰西擅长演奏手风琴和长笛。在威利 · 克兰西出生之前，盲人风笛手加勒特 · 巴里曾在他家待过几个月，对他父亲的音乐产生了很大影响，后来加勒特把自己的很多乐曲传给了威利。威利能演奏大量的舞曲和民间乐曲，对后世的风笛演奏影响巨大。

吉吉把照片拿到灯光底下，仔细看着照片里的乐器。拍照的焦点正好，但人物离镜头太远，细节不是很清楚。不过吉吉看得出来，那是一支很普通的长笛，没有任何装饰。接头处理得很巧妙，一点痕迹也没有。

“你外曾祖父并不以制作乐器出名。”海伦继续说道，“但他在世的时候，确实做过一些长笛和口笛。米科 · 罗素[①] 跟我说起过，他吹奏过我爷爷做的一个锡口笛，当时他就喜欢上了，还想买下来。不过我爷爷做的所有乐器里，那支长笛是最好的，也是他的最爱，他经常用它来演奏，不管走到哪里都带着。听人讲，他特别害怕失去那支长笛，还在上面刻了自己的名字。”

“后来发生了什么？”吉吉问道，“现在长笛在哪里？”

“这就是我要告诉你的故事，吉吉。这是一个悲伤的故事。你听完后，就明白音乐为什么对我这么重要了。音乐，还有利迪这个名字，都是我生命的一部分。”

海伦给两人的杯子里续满茶水，靠在椅背上缓缓开口：“这栋房子里经常有人跳舞，来的都是老朋友。只要有音乐，利迪家的人就是音乐家。你是不是觉得演奏音乐很容易？至少现在是这样吧？一种无害的消遣，对吗？不仅无害，还有益健康。但在过去那些日子里，舞蹈、音乐有自己的敌人。”

---

① 米科 · 罗素（1915—1994），爱尔兰音乐家，以吹奏锡口笛出名，也能吹奏简易式长笛，还搜集了很多爱尔兰传统音乐和民间故事。

“什么样的敌人？”吉吉问。

“强大的敌人。”海伦说，“神职人员。”

“什么？神父吗？”

“对，神父。还有上面的主教，主教上面的红衣主教。”

“为什么呢？”

“这个问题很难回答。比较容易找到的答案是，跳舞让这片教区的年轻人聚集在一起，甚至把其他教区的年轻人也吸引过来。舞蹈是了不起的社交活动，它让男人和女人有机会待在一起，互相了解。那时的舞会有点像现在的俱乐部和迪斯科舞厅，每个人都会喝几杯，轻松随意，不拘礼节。神职人员认为，跳舞会引发不道德的行为。”

“现在也有人这么说迪斯科舞厅和俱乐部。”吉吉终于找到了一个开口的机会。现在能告诉妈妈他想去俱乐部吗?

“确实有人这么说。”海伦说，“我觉得他们有自己的道理。家长们担心孩子会在那种地方学坏。”

吉吉闭上了嘴巴，时机不对。海伦伸出手，捡起一块煤球扔到火上，一缕火花迸射出来。

“其实还有一个不太明显的原因，就是神父，或者说有些神父，憎恨我们的音乐。大多数爱尔兰人都是天主教徒，几百年来都是这样。表面上看来，神父完全控制了我们的生活和信仰，但事实并不是这样。”

“从来都不是。”吉吉说道。

“从来都不是。”海伦重复了一遍，“在爱尔兰，有更古老、更原始的信仰，甚至比教会的历史还早。几百年算什么，这些信仰都存在几千年了。今天它们仍然与我们同在，只是没那么容易察觉罢了。”

“比如说？”吉吉问道。

“民间传说。”海伦说，“我们身边所有的故事和迷信说法。”

“但那些都不在我们身边了。”吉吉说，“现在没有人相信了。”

海伦耸了耸肩，说：“也许不在了。不过你记得今天安妮·科尔夫说过的话吗？那些古堡，农民们为什么不去开垦那片土地？”

“可古堡是历史古迹，不应该保护吗？”

“对现在来说，可能只是古迹。”海伦说，“但我不太确定。咱们牧场上的那座古堡没有任何文字记载。古堡上也从来没有什么保护标志。等你以后接管农场了，你会推倒它吗？”

吉吉想了想，答案是不会。原来他也有迷信的时候，这种迷信隐藏在他的内心深处，从未触及。现在他知道了，对于古堡这些事物，他和他的妈妈、他的外曾祖母以及外曾祖父一样迷信。明白这一点后，他摇了摇头。

“不会，是吧？”海伦说，“你看，你不相信那些神仙鬼怪的说法，都不会去推，何况是我的妈妈呢？你知道她是相信那些说法的。我爷爷奶奶在世的时候，每个人都相信。人们还能看见神仙，或者相信他们看见过。还有人声称听到了神仙的音乐。”

“这也太疯狂了吧。”吉吉说道。

“也许疯狂。”海伦说，“也许不疯狂。反正，神父的意见就是你的意见。他们认为这种信仰比发疯还可怕，还危险，能让人们走火入魔。但是他们不能把这些老观念从人们的大脑里拽出来，即使他们尝试了各种办法，甚至用地狱之火来威胁人们。可是，这些故事世代流传，已经刻在人们的脑海里了。人们还相信，我们的那些舞曲，吉格舞、里尔舞，还有角笛舞、慢调舞，都是神仙赐予的。他们不一定听过神仙演奏，可他们就是这么认为的。”

吉吉不由得打了个寒战，他觉得整个脊背发冷。以前他也听过这种古老的说法，但这是第一次，这种说法触动了他。

“所以，”海伦接着说，“神父没有办法消灭人们的神仙信仰。他们尝试了很多，但失败得更多。于是他们想到了一样更容易消灭的东西：音乐。他们觉得，如果这事办成了，那打破那些迷信说法也就有希望了。

“并不是所有的神父都那么顽固。有些神父对老传统十分宽容，有些自己都会演奏舞曲，但也有一些，只要发现有音乐聚会和舞会，就竭尽所能去破坏，想把音乐赶尽杀绝。1935年的时候，就是拍这张照片的那一年，《公共舞厅法》颁布了，他们有了威力更猛的武器。”

吉吉失去了兴趣。他在学校里学过很多这方面的历史。“这跟外曾祖父有什么关系呢？”他问。

“我马上就讲到了。”海伦说，“基本上，那个时候的舞会跟咱们家的凯利舞会差不多，一般在家里举行，夏天也会去街头。参加舞会的人要交点钱，用来支付买饮料和请乐手的费用。办舞会的人家有时还能赚一点小钱，但咱们家办舞会从来不是为了这个。反正，在教堂的压力下，政府通过了新法案。在家里办舞会成了非法行为，所有的舞会都必须在教区大厅举行，神父盯着人们的一举一动。他们消灭音乐的目的差不多达到了，新式音乐很快流行起来，传统音乐几乎被遗忘了。”

“但人们还可以演奏吧？在酒吧或者家里，这总可以吧？”

“可以是可以，但酒吧演奏会是最近才出现的新事物。乐手演奏，其他人坐在周围聊天，我不喜欢这种形式。音乐是为跳舞而生的，吉吉，从古到今都是这样。我坚持让你和玛斯学习跳舞，就是这个原因。即使你不跳了，你也能体会到那种音乐从内心迸发的感觉。”

吉吉点点头。他去过很多演奏会，听过很多人演奏，能从演奏者的曲调中，轻易判断出这些人会不会跳舞。

“总之就是这么个情况。”海伦继续说，“还是长话短说吧，家庭舞会眼看就要灭绝了。法律规定，不收入场费的话，可以在家举办舞会，但那个时候大家都不宽裕，很少有人能负担起那么大的开销。”

“但是利迪家可以。”吉吉说。

“是的，利迪家可以。用现代标准来看，我们不是很富有，但用那时的标准来看，我们过得还不错。而且比起别人家的舞会来，我们有一个很大的优势，不用付钱给乐手，我们自己就能演奏。”

13

新警察拉里一路走到肯瓦拉，在罗萨林饭店吃了点东西，然后沿着大街走到格林酒吧。他知道自己到得有点早。演奏会要进入最佳状态，怎么也得在十点以后。他想了很久，不知道是早点到好还是晚点到好，最后决定还是早点到。他的考虑是，如果等演奏会开始的时候再进来，他这个警察肯定会吓到大家，乐手们的状态必然受到影响，而如果早点来的话，玛丽·格林可以有一点时间来适应，然后，如果运气足够好的话，说不定还能说服乐手们，让他们相信他只是为了放松而来，不带任何官方任务。

他手里拿着小提琴，在酒吧门口停下来，又开始做思想斗争。也许来这里根本就是个馊主意？他的存在肯定会让别人感到压抑，玛丽·格林可能会在十二点整的时候，把客人和乐手们赶到大街上，那他就破坏了所有人的兴致。也许直接回家更好，与其他人演奏一番也行，还可以避开严苛的特许经营法。

算了，既来之，则安之。在酒吧还能调查点东西，任何地方都可能有线索。你永远不知道你会听到什么。

拉里在格林家得到的是冷若冰霜的接待。玛丽是个慷慨大度的女人，但她实在没办法把笑脸端给眼前这个家伙。前一晚，他搜查了她家的酒吧，这一晚，却来这里消遣，简直莫名其妙。昨晚来过的客人很快发现了拉里，他们交头接耳，跟不知情的人说着拉里的身份。有个乐手看了他一会儿，就扭头走掉，跑到旁边的温克莱酒吧去了。另一些乐手则站在吧台周围，大谈音乐政治，要不是一位住在本地的风笛手制止，这无聊的把戏可能持续整晚。此人滴酒不沾，站在那里简直是活受罪。他来这里是为了享受音乐，又不是为了谈政治，再说，他向来是在酒吧关门前回家的，又不违法，有什么可怕的呢？

“我说，咱们该演奏一曲了吧？”他对拉里说。

“是该演奏了。”拉里答道。

演奏会就这样开始了。在第一套曲子结束之时，乐手们都坐回自己的位子，准备加入进来。且不管这家伙是干什么的，他的小提琴拉得真是无可挑剔。酒吧里的人从没听过这么美妙的音乐。在几分钟的时间里，所有的乐手都调好了乐器，音乐再次响起。

玛丽·格林送来了更多饮料。拉里觉得他的血液在血管里左冲右突，音乐把他的过去与现在相连，把他带回家乡。这是他到肯瓦拉以后，过得最开心的一晚。在这里，他第一次感受到发自内心的快乐。

14

“这个教区很不幸，摊上了一个古板的神父。”海伦说，“人们跟我说，多尔蒂神父是个好人，待人接物都很和善，但在音乐方面，却非常顽固不化。一到礼拜天，他就在布道坛里大声咆哮，诅咒音乐和音乐家。他说，可怕的复仇之神会来找你们的，你们这些信奉神仙妖魔的人，你们这些跟着邪恶音乐跳舞的人，都不会有好下场。其实在《公共舞厅法》通过之前，他的做法就很极端了。晚上他在镇子里走来走去，听到哪家有音乐声传出来，就闯进去冲里面的人大吼大叫。他拿靴子踩坏过一个人的小提琴。不过，在所有的教区居民中，他最痛恨的就是我爷爷。

“仇恨是相互的。吉吉……”海伦停顿了一下，“我有没有跟你说过，我爷爷也叫吉吉？你是用他的名字命名的。”

“没有。”吉吉回答道，“但别人跟我说过。”

“谁？”

“那个不重要。继续往下说吧。”

海伦犹豫了一下，想跟吉吉问清楚，但又不愿强迫他，于是她选择了继续说下去：“那个时候，爷爷经常关上门演奏，防止多尔蒂突然闯进来。要是多尔蒂在外面拼命拍门，大声喊叫，他就停止演奏。还有，星期天的时候，爷爷也去教堂。神父在上面声嘶力竭地咆哮，爷爷在下面若无其事地听着，好像那些长篇大论跟他一点关系也没有，多尔蒂神父简直要气疯了，他太习惯人们服从他了。在法律即将通过之前，多尔蒂神父把利迪家告到了法庭上，说我爷爷通过开舞会赚钱。当时吃官司的不只利迪家，那年有好几起这样的案子，赢官司的基本都是神父那边。输了官司的人家要交一大笔罚款，很多人一辈子都挣不到那么多钱。紧接着，法律生效了，不过这对利迪家没有多大影响。人们告诉我爷爷，多尔蒂神父威胁过他们，让他们站在法庭上宣誓，说利迪家的舞会收入场费，要不然就诅咒他们永世不得赦免。人们虽然很害怕神父和他手里的权力，但没有一个人背叛利迪家。那个时候，教区的人们就是这么尊敬利迪家。”

海伦停了片刻，吉吉从她的眼睛里看到了强烈的自豪感，只是那眼神很快就黯淡下来。她转头看着壁炉里跳动的火苗，幽幽地说道：“但那是很久以前的事了。”

吉吉静静地等着。海伦深吸了一口气，继续说下去："案件被否决了，利迪家赢了官司。我爷爷奶奶办了一场舞会来庆祝。当时正是盛夏，夜晚又长又热，跳舞的人从屋子里跑到了院子外面，过了一会儿，乐手们也跟着到了外面。人们个个兴高采烈，都说从来没参加过这么欢乐尽兴的舞会。就在这个时候，多尔蒂神父出现了。

"多尔蒂站在院子里，气得满脸通红、浑身发抖。他的样子十分吓人，我爷爷赶紧停了下来。

"'你以为你打败我了，是吗？'他问我爷爷。

"多尔蒂神父是上岁数的人了，我奶奶怕他身体受不了。万一他突然晕过去，倒在这个院子里，那就麻烦了。所以我奶奶请他到屋里坐一会儿，喝杯茶，消消气。

"但是多尔蒂一点也不领情。他对我奶奶说：'我不会踏进你们家这邪恶的房子，我还要告诉你，现在我就终结你们这邪恶的音乐！'

"说着他猛地夺过我爷爷手里的长笛，大步走出了院子。我爷爷追了出去。吉吉，你要知道，我爷爷是个性情温和的人，那支长笛确实是他最珍视的东西，但就算他想拿回来，他也不会动手打人的。七十年前，多尔蒂神父拿着长笛从这所房子里走了出去，那是人们最后一次看见他。"

"你说什么？"吉吉问。

"他消失了，人们再也没有见过他。"

“但是……你是说，人们连他的尸体都没找到？”

海伦摇了摇头：“没找到。到现在人们也不知道他的下落。他消失以后，人们开始胡乱猜测，再接着，一个恶毒的谣言在小镇上流传开来。”

“说你爷爷杀了神父？”

海伦点了点头。

“那他真的杀人了吗？”吉吉说。

“当然没有。”

“你怎么知道？”

“我就是知道，吉吉。我的爷爷没有杀人，他憎恨权威，但他不是杀人犯。”

“那支长笛呢？”

“也消失了，再也没有出现过。”

“太奇怪了。”吉吉说，“人怎么可能就那样消失呢？”

“我知道的也就这些了。”海伦说，“不过，确实发生过这样的事情，有的人突然就消失了。反正，当时能找的地方都找了，一点线索也没有。”

吉吉回过头来，用异样的心情看着眼前的照片。外曾祖父块头不小，但面容和善，一点也不像有暴力倾向的人。

“后来，教区就分开了。”海伦继续说，“很多人去了别的教区，但留下来的人更多，他们仍然信赖利迪家。尽管如此，好长一段时间里，这房子里没有一点音乐。一个多月后，吉尔伯特·克兰西突然来了。多尔蒂神父刚失踪那会儿，他在很远的地方，只是听说了这件事。我爷爷把事情原原本本告诉了他，他听完以后，跟我爷爷说：‘那位神父达到了他的目的，你说是不是？’

“我爷爷问吉尔伯特是什么意思。小时候，爷爷经常给我讲这件事情。当时吉尔伯特对爷爷说：‘你们这栋伟大的、为音乐而生的房子，竟让那神父搞得这么死气沉沉。他夺走的不只是你的长笛，吉吉。’

“我爷爷坐在那里，想了很长时间。然后，他站起来，走到房子背后的工作间取乐器。等他回来的时候，吉尔伯特·克兰西已经准备好了长笛，我奶奶也从墙上取下了小提琴，擦去了上面的灰尘。

“从那以后，吉吉，这所房子就总是充满了音乐。”

15

对拉里来说，这是一个辉煌的音乐之夜，如果不是那个讨厌的老头，那就太完美了。那老头是在他们演奏半小时后进来的，他坐在吧台的高脚凳上，目不转睛地盯着拉里。拉里对他有点印象，但想不起是谁，岁月是把杀猪刀，老年人长得好像都差不多，再说，拉里有时连自己的名字都想不起来，更何况是别人的名字呢。

风笛手开始吹奏一组角笛舞曲，拉里忘记了周遭的一切，又沉浸在音乐的世界中。但是当他再次抬起头的时候，发现老头仍然坐在那里盯着自己。乐手们又演奏了一组乐曲，停下来休息。这时，老头从高脚凳上下来，摇摇晃晃地穿过酒吧，走向乐手们坐着的地方。离他最近的听众拉过一张矮凳，请他坐下，被他拒绝了。他继续向前，走到乐手们坐的软垫长凳跟前，挤到拉里旁边的一个小角落坐下。

“最近怎么样啊？”老头开口问道。

“很好。”拉里说，“你呢？”

“也很好。”老头回答。接着，他从口袋里掏出一个有年头的锡口笛，礼貌地等着，直到有人起头演奏一首曲子，他才加入进来。接下来是一支又一支的曲子，老头开始专心吹口笛，不再和拉里说话，也没有和其他人说话。过了一阵子，风笛手要回家了，乐队小小地骚动了一下，音乐暂时停顿下来。这时老头靠近拉里说：“顺便问一下，你叫什么名字？”

拉里拼命思索，好一阵子才想起来。“奥德怀尔，拉里·奥德怀尔。”他低声回答，好像在说什么见不得人的事。

老头伸出自己的大手，一把抓住拉里的手，说道：“我是帕特里克·奥黑尔。这么多年过去了，我还是帕特里克·奥黑尔。”

“当然了，还能是谁呢？”拉里敷衍道，他仍然想不起这个人来。

帕特里克·奥黑尔没有追问下去，他收回自己的手，吹起了一支俏皮可爱的里尔老舞曲，其他乐手纷纷跟上来。

吉吉·伯恩并没有存在很长时间。听母亲说完那些家族往事后，吉吉·伯恩就成了吉吉·利迪。他急着要演奏曲子，让这老房子里充满音乐。

“你先待着不动，好吗？”他对母亲说，“不管让我做什么，我都会把生日礼物送给你的。今天先送给你第一期。”

海伦听从儿子的指示，待在原地不动。吉吉又煮了一些茶，还拿来了乐器，包括他的长笛。最近他很少吹长笛，好像这样可以跟人们口中的那个大恶人少点关联。

吉吉先吹了一阵长笛，跟母亲学习外曾祖父的吉格舞曲和其他曲子，然后换成小提琴，排练了一下晚上要演奏的舞曲。至于去俱乐部的事情，他已经想好了，也许有一天他会去，但不是明天。

像往常一样，时间过得飞快，但母子俩一直在演奏，为了享受单独相处的乐趣，也为了放飞热爱音乐的心情。最后，他们的手酸了，胳膊疼了，终于放下了乐器。吉吉再次拿起了照片。

“这些孩子是谁？”

海伦从他的肩膀上看过去：“拿手风琴的是我母亲，另外两个是她的兄弟。两个男孩年纪轻轻就走了，我母亲继承了农场，她是家里唯一幸存下来的孩子。那时候生活很艰辛。”

还有很多照片反扣在破旧的信封上，吉吉伸手去拿，海伦想拦住他，但是晚了一步。吉吉看着母亲的眼睛，她似乎有点不情愿。吉吉这才明白，利迪家还有他不知道的事情。他把照片翻过来，只想知道那里面还藏着什么匪夷所思的秘密。第一张照片很正常，一个女人站在一头大灰驴脑袋前面，驴车后面站着一个光脚丫的小女孩。

“我母亲和我奶奶。”海伦说。

下一张照片则更为正式，那是一对年轻夫妇在摄影棚里的照片，男人站着，手上拿着一顶帽子，女人则坐在一张靠背椅上。他们表情僵硬地盯着镜头。

“我爷爷和我奶奶。”海伦说，“吉吉和海伦。”

吉吉咧嘴笑了，他翻开最后一张照片。这张照片的背景是盛夏的干草地，照片的左边和后边是晾在太阳下的新鲜整齐的干草堆。照片的右边是两个乐手，一个是拿着手风琴的年轻女子，她坐在一辆空空的干草车后面；另一个是拿着小提琴的年轻男子，他站在年轻女子身后。女子长着一头浓密的黑发，有点凌乱，束着的马尾辫都快散开了。她的脸蛋晒得红红的，有的地方还长了晒斑。她面对镜头，笑容灿烂。男子的脸侧对着镜头，只能看到金发下面额头与颧骨的俊朗线条。

“女人是我母亲，”海伦说，“一个优秀的乐手。”

“那个男人呢？”

海伦没有答话。沉默之中，红色的煤块掉下来，迸出了几缕火花。

“我的父亲。”海伦终于说道。吉吉其实已经猜到了，他一手拿着照片，一手拿着小提琴，靠在椅背上。

海伦接着说：“这是我父亲拍过的唯一一张照片。我母亲几乎从没在我跟前提过他。只在去世时说了一点，然后……唉……那时她总是在附近走来走去，盼着能碰到我父亲。她的心，你知道……”海伦说不下去了，停下来，试图从那些折磨人的不安回忆中挣脱出来，“反正，在母亲给我看那张照片之前，我已经怀上你了。母亲仍然疯狂地爱着他，即便过去了那么多年。”

“他是谁？”吉吉说。

海伦苦笑了一下，耸耸肩说道：“我想，应该是个放荡不羁的男人吧，流浪的音乐家。有那么一两年时间，他在我们家来来去去的。人们叫他‘小伙子’，他可能有别的名字，但我母亲不知道，也没听人叫过。他就是‘小伙子’。不过，他是一个非常优秀的小提琴手，是我爷爷奶奶见过的小提琴手里最好的。长得也英俊潇洒，鸟儿看见他，都要从树枝上飞下来。”

海伦从吉吉手里拿过照片，用一种无比渴望的眼神凝视着它。“我多希望那一刻他没有转过身。”她说，“你知道吗？

我做梦都想看见他，为了能看他一眼，我愿意付出一切。”

“他怎么了？”

海伦耸了耸肩：“他一会儿来，一会儿走的。后来，他和我母亲互生好感，他们开始恋爱，最终成了恋人。然后有一天，他走了，再也没有回来。”

“又一次消失事件。”吉吉说道。

“是的。但这次不是一般的消失事件，神父发现我的母亲怀孕了。不是多尔蒂，是别的神父。这个神父想说服我爷爷奶奶把婴儿送给别人，把我母亲赶走。那个年代，人们容不下未婚妈妈。”

吉吉点了点头。最近玛德莲洗衣房[①]还有很多那样的新闻，许多无辜的女孩被关起来，被迫与社会隔绝。

“我爷爷奶奶没有理那个神父，感谢上帝。”海伦说，“这是本地人瞧不起利迪家的另一个原因，家族里有一个未婚妈妈。”

“不对，是连续两个。”吉吉说。

海伦笑了，接着说道：“其实主要原因在于，他们都相信‘小

---

① 玛德莲洗衣房（Magdalene Laundries），罗马天主教会在爱尔兰开的一种洗衣房。第一家玛德莲洗衣房于1767年在爱尔兰都柏林开业，其后遍布欧美等地。犯下轻罪、未婚怀孕和被指太漂亮的年轻女子，会被送进洗衣房做洗衣和针织等苦工。20世纪20年代，爱尔兰的玛德莲洗衣房增至十家，最后一家于1996年关闭。据说，有少女称在内被奴役，甚至被性侵犯，恍如置身牢狱。

伙子’会回来。他最后一次离开的时候，把他的东西落在房子后面了。那是他的所有家当，他们都觉得，他肯定会回来取那个东西的。”

“那个东西是什么？”吉吉问。

“一把小提琴。”海伦说，“就是你手里的那把。”

16

玛丽·格林要把一个警察从酒吧赶出去，这可是破天荒头一回的事情，但她觉得自己必须这么做。拉里还在拉着小提琴，看上去不会立马跳起来把人抓走，但你永远无法确定人们下一步会做什么。

音乐停下来的时候，她走过去对拉里说道：“现在我得请您离开了。”菲尔·戴利正在给吉他调音，听到这话后转过身来。“你在开玩笑吧？”他说，“还没到结束的时候呢。”

大家都回头去看吧台后面的时钟。这时钟是新挂上去的，时针和分针有着特别的设计，看上去有朦朦胧胧的重影。也就是说，想弄清楚几点几分，并不那么容易。

“我不知道现在的时间是怎么了。”长笛手劳拉说。

“疯了呗。”吉姆一边说，一边调整他的簧风琴，他把风箱里的空气压出来，然后固定好风琴的带子。

“没错，时间疯了。”拉里说，“从前可不是这样。”

“你说得对。”帕特里克·奥黑尔说。

“这都是怎么开始的？”拉里问，“时间跑得这么快，是从什么时候开始的？”

“大概是因为年龄越来越大吧。”劳拉说。

“不对。”菲尔说，“孩子们也整天像没头苍蝇一样到处乱撞。”

“是欧盟带来的。”帕特里克说，“在我们加入欧洲拿到补贴之前，世界上有的是时间。”

“这跟补贴有什么关系？”劳拉问。

“咱们用补贴的钱买了那些省时省力的玩意。”帕特里克说，“又大又快的拖拉机啦、打捆机啦，还有洗衣机。有了这些东西，我们就有更多时间了吗？”

“我认为是凯尔特虎[①]。”吉姆说，“我们把自己的灵魂卖给了股市。”

拉里拨着琴弦，给小提琴调音。他知道，这些谈话不会有什么结果。“最后一曲。”他说。

玛丽·格林焦急地走来走去。“拜托啦，小伙子们，”她说，

---

① 凯尔特虎，戏谑语，指爱尔兰共和国。

“快点吧。”

“警察不会逮捕他的。”吉姆说，松开他的风箱，准备再次开始。

“那可说不准。”劳拉说。

拉里已经开了个头:“让他们试试吧。”说着放开执弓之臂，尽情拉奏起来。

吉吉躺在床上。明天他要参加投掷比赛，必须早起准备东西。他得睡个好觉，但睡眠就是不来找他。

十五年来，母亲竟然从来没有跟自己提过她父亲，怎么可能呢？更让他觉得惊讶的是，他也没想过要问母亲，甚至都没有好奇过。别的家庭也是这样吗？父母给孩子精心设计了一张心灵地图，把他们的生活限制在安全范围内，而那边界之外，有一大片他们一无所知的可怕区域，是这样吗？那些危险的地方被巧妙地装饰起来，几乎看不到。是不是每个家庭都这么干？

吉吉一会儿想到消失的外祖父和神父，一会儿又想到他和吉米的友谊。他很担心。他和吉米从孩提时代起就是好朋友了，他心里已经原谅了吉米，不再计较吉米说过的那些伤人的话。以后有机会，他说不定会主动跟吉米谈谈外曾祖父的事，告诉他利迪家的真实情况。但在这之前，得先解决去俱乐部的事。吉米放下自尊邀请自己，说明他想跟自己和好，如果不去，等于是拒绝了吉米，那么他们的友谊可能就真的回不来了。

吉吉躺在床上翻来覆去睡不着。狂风呼呼地刮过屋顶，稍微喘口气，又呜咽着飞奔而来。不行，必须想出一个借口。要是假装生病呢？不行，不行，很多人能看见他给凯利舞会伴奏。如果说父母不允许去呢？责怪他们？抱怨他们？

他不能这样做。也许以后他可以去，但这次不行。母亲把所有的事情都告诉了他，他不能辜负母亲对自己的信任。他头脑中浮现出母亲的神色，在谈到她父亲的时候，她是那么脆弱无助。她从来没有见过自己的父亲，这是多么大的一个缺憾啊！现在，让我来弥补这个缺憾吧，吉吉在黑暗中默默跟自己说道。

他必须说到做到。明天他会坐在母亲旁边，为家庭舞会伴奏，表达他对利迪家传统的尊重。他还要为她做别的事情，他会努力去获取她想要的生日礼物。虽然他不知道该怎么做，但肯定有什么办法能买到一点时间。

新警察终于离开了酒吧，已经凌晨三点了。记忆从来不是他的强项，但他隐隐约约记得，在刚才那三个小时里，他威胁过玛丽·格林。他跟玛丽说，如果她不给乐手们再来点酒水的话，他就逮捕她。而且威胁了两次。

他还跳了舞。是帕特里克·奥黑尔起的头，他大声跟酒吧里的人说，要跳舞了，请大家腾出一块地方。厄尔利队长要是看到这一幕，估计气得脸都要变绿。不过还好，没有人去通知他。咳，听天由命吧，他现在是什么都做不了了。

他走在大街上，天空下起了蒙蒙细雨。他希望雨水不会渗到提琴盒里，这会儿他可开不了车。他没有喝醉，不过，即使没有喝任何东西，他也觉得自己的状态不适合开车。车子可以停在那里。接下来两天他休息，没有出去玩的计划，用不到车；至于回家嘛，他回家是不需要开车的。

17

整个上午都在下雨。山羊垂头丧气地站在羊圈里，坚决不吃潮湿的草料。

“它们会将就着吃的。”塞伦说，“饿狠了它们就会吃。”

“也许吧。”海伦说，“不过咱们还是得买些好干草。”

吉吉在给羊羔喂奶。小家伙们越来越大，也越来越不配合。它们后腿着地，立起身子，居高临下地看着羊圈底下的门，一等吉吉拿着奶桶进来，就一拥而上，把吉吉挤到一边去。看来到了给这些羊羔断奶的时候，因为它们已经可以跟羊群一起生活了。

喂完羊羔后，吉吉洗了个澡，然后把书本放在厨房的桌子上，开始写作业。有一篇历史论文，应该在暑假初期就写好，结果到现在还没完成，已经拖了三个多月，老师早就怒火中烧了。在各种家务活的空隙时间里，他稍微做了一点。玛丽亚从她的睡衣派对回来后，还特意坐在他跟前，给他帮忙。

中午时分，曲棍球教练打来电话。玛丽亚在客厅复习剧本，吉吉听到她拿起分机，然后又放下来。教练说，比赛因为球场积水推迟了。太好了，吉吉长舒一口气，回到书本前。一分钟后，电话又响了。

“我不接电话了。”海伦抱着一堆鸡蛋冲进来，“我必须把奶酪做好，要不然顾客该生气了。”

吉吉接了电话，是吉米。

“怎么样，吉吉？”

吉吉听到话筒发出了声响，有人接起了分机，但他太慌张，没注意到那人是不是挂了机。

“没问题。”他说，“曲棍球比赛取消了。”

“太棒了！”吉米说，“那你今晚会来吗？”

吉吉有点慌乱，不知道该怎么回答，昨天晚上他什么都没想出来就睡着了。海伦正站在他身后的洗涤槽旁洗着鸡蛋，他不能扯出一堆谎言来。但如果他说不去的话，吉米可能再也不会跟他说话了。他需要时间，但是，一如既往地，他没有时间。

“我想可以吧。”这是他能想出的最合适的话。听上去并不确定，但吉米只会按照自己的思路理解。

“太好了！”吉米说，“你知道我在担心什么吗？公共汽车要凌晨两点才回来。”

“哦。”吉吉在心里盘算着，说不定可以拿这个当借口摆脱困境。但吉米已经有解决方案了。

“如果你不想让你父母出来接你的话，就住我家吧。”

吉吉的心沉了下去。吉米为了弥补他，做了很多让步。

“真够哥们儿，吉米。”吉吉说，“这主意太棒了。”

“那么，再见！”吉米说，“九点二十分码头见。”

吉吉放下电话，一动不动。

“什么主意很棒？”海伦问。

“没什么。”吉吉闷声说道。他走进客厅，玛丽亚正躺在火炉旁的躺椅上，用红笔在剧本上做标记。

“刚才是你在听我的电话吗？”

“什么电话？”

“是你吗？”

“滚开，吉吉。我很忙。”

吉吉走出去，砰的一声关上身后的门。玛丽亚听到又有什么关系？随她去好了。

到了午饭时间，吉吉只好抛开那篇论文，先吃饭。刚吃完，还没来得及再次开始，菲尔和他的女朋友凯罗尔就来帮忙了，他们要收拾谷仓，为晚上的凯利舞会做准备。

吉吉和他们一起收拾，几分钟后，海伦和塞伦也过来了。

凯罗尔曾在巴利沃恩一家酒吧工作过，因此用批发价买到了所有的软饮料和薯片。凯利舞会不收费，这是利迪家的原则，但是星期六的舞蹈课要收一点，以弥补饮料和小吃的成本。

雨过天晴，天气并不冷，但塞伦还是点着了炉子。谷仓有些年头了，即使在最好的天气里，也需要炉火来烘一烘。

“你们见过新来的警察了吗？”菲尔问。

“没有。”海伦说。

“我不知道新来了个警察。”吉吉说。

“是个有趣的家伙。”菲尔说。

“你没见过他吗？”凯罗尔问海伦，“他长得可帅了。”

“是吗？”菲尔酸溜溜地说，“我看没那么帅吧。”

“他就是很帅。”凯罗尔说，“他应该去演电影。”

“不就是个小提琴手嘛。”菲尔说。

“他是拉小提琴的？”海伦问。

“咱们肯瓦拉就缺这样的人。”塞伦说，“又一个小提琴手。在这里你随便吐口唾沫，都能溅到一个拉小提琴的。”

“啊，话说回来，你应该听听他的小提琴。”菲尔说，“昨晚他在格林酒吧，那小提琴拉得，漂亮极了！”

“在格林酒吧？一个警察？”

“他还跳舞呢。”凯罗尔说，她自己是个很棒的舞者，经常来利迪家的凯利舞会跳舞，“你应该见见他，海伦。他跳舞的时候像羽毛一样轻盈。”

“你们在骗人吧？”塞伦说。

“没有，我发誓。”菲尔说，“千真万确。他周四把我们赶出去，周五却跟我们玩了一整夜。”

海伦笑了:“听起来是我喜欢的那种警察，最好把他带过来。”

“我怎么没想到呢？”菲尔说，“我应该问问他。我想知道他会不会来。”

“你知道他住在哪里吗？”吉吉问。

“不知道。”菲尔说，“不过我可以问问周围的人。肯定有人知道。”

菲尔和凯罗尔带着任务走了。塞伦回到书房，海伦去了奶酪间，吉吉又拿出了他的书，但他无心学习。他必须想一想该怎么跟吉米说，他不能放吉米鸽子。

他想到了一个主意。多么简单的一件事啊，他不明白自己怎么这么迟钝。当然，这样做会影响手头的事情，但他可以明天再写历史论文……

PART 2

时间薄膜

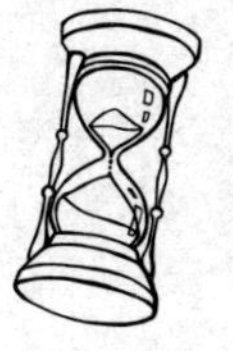

The
New
Policeman

1

吉吉想到的主意很简单，修好自行车，骑车到吉米家，直接跟吉米谈谈。他花了一个小时把被扎破的车胎补好。就在他跳上自行车，准备出发的时候，海伦瞅见了他。

“吉吉！”

他假装没听到，继续往前骑，骑了两步又觉得不妥，于是转了个圈，一只脚着地，刷一下停在海伦面前。

“你要去哪里？”海伦问道。

“去看看吉米。”

“有什么事吗？”

“没什么，就是想看看他。”

海伦低头看了看手表，吉吉也反射性地看着自己的手表。这块表是别人送给他的生日礼物，潮流感十足，有五个时区和一个计算器，现在上面的时间是四点半。

“你回来吃饭吗？”

“当然。赶回来没问题。”

吉吉绕了个圈，刚骑出去没两步，又被海伦叫回来。

“能帮我个忙吗？把安妮·科尔夫的奶酪顺路带过去。”

一点也不顺路。安妮·科尔夫住在大概四英里外的多鲁斯，在肯瓦拉的西南面。吉吉本想跟妈妈说明白，但他想起了妈妈的生日愿望。这正是给妈妈节省时间的好机会，应该积极去做才对。至于花在路上的时间，他可以想想跟吉米说的话。

说来也奇怪，还没到安妮家，他就想好该怎么说了。他会告诉吉米真相。希望一切顺利，他们能远离吉米家客厅里那台二十八英寸的大电视，找到一个安静的地方说话。然后吉吉就跟吉米坦诚相对，来一次男人之间的谈话。“听着，吉米，事情是这样的。我想去俱乐部，真的很想，但我更想在家演奏。音乐是我生命的一部分，我生来就是个乐手，你知道……”

如果有时间，他会告诉吉米原因，让吉米了解利迪家的一些历史。也许不会告诉他全部，比如海伦父亲和小提琴的那部分，但其余的都会告诉他。然后，就取决于吉米了。如果他真的珍惜他们之间的友谊，他会理解的。如果他不能理解，那吉吉也无能为力了。

一团团乌云在西边滚动，马上就要下雨了，吉吉把自行车骑得飞快。正是金秋时节，沿途色彩缤纷，一路飞速骑行，整个人都觉得心旷神怡。车胎是在春天被刺破的，补车胎不过一小时，吉吉不明白，为何自己整个夏天都不去做。难道这不是应对时间短缺的一种技巧吗？优先处理最重要的事情。如果春天补好车胎，夏天就有自行车骑，就能给自己和父母节省时间，海伦也许就不会提这么一个要求。想送时间做生日礼物，可真是难于上青天啊。塞伦一再告诫他，如果用正确的方式思考，那么一切皆有可能。

吉吉骑到大路的最高点，从坡顶俯冲下来，经过克罗华，驶向多鲁斯和远处的大海。骑自行车原来这么有趣！呼吸着新鲜的空气，浑身的血液快速流动，这种感觉妙不可言！

安妮·科尔夫正在房子后面的菜园里干活。听到洛蒂的叫声后，她绕到房子前面，双手抱着一捆胡萝卜、两根防风草和十几个土豆。吉吉拿出了奶酪。

“你是送奶酪来的呀？”安妮问，“啊，吉吉，你真懂事。你不用特意过来的。”

“没关系的。”吉吉看到安妮没法腾出手拿奶酪，便为她打开屋门，跟她到了屋子里。

“你能相信这是我的午餐吗？”安妮说，“现在的时间哪，简直跟疯了一样。”

她把蔬菜倒在水槽里，打开水龙头冲洗双手。吉吉把奶酪放到她家冰箱的上层。

“再见！”吉吉说完就走向门边。

但安妮把他叫了回来：“等等，我有东西要给你。”

“不用，不用。”吉吉客气地说道，“真不用。”

“不是因为你送奶酪才给的。”安妮说，“本来就有个东西想给你。”她在牛仔裤上擦了擦手，“我想想，放哪里了呢？”

安妮开始翻箱倒柜地找东西，吉吉在门旁坐立不安。

“最近过得好吗？”安妮问。

“哦，老样子。”吉吉心不在焉地答道，“上学、练投掷、演奏音乐。”

“多才多艺的男孩！”安妮一边说一边找东西，“真要命，我把那张光碟放哪里了呢？前几天还见过。在哪里呢？”她走向房间另一边的柜子，“这么多垃圾。我得整理整理，就是没有时间……”

“不用了。”吉吉慌忙说，“您知道哪里有卖的吗？”

安妮笑了笑：“要是知道就好了。人们喜欢问这句话，你不觉得吗？比如说，您知道哪里有卖时间的吗？时间可不是想买就能买到的。”

“哦，可是我觉得能买到。”吉吉说。

“是吗？”安妮问，“你知道怎么买吗？”

“还不知道。但我会找到办法的。”

“哦，是吗？”

“是的。这是我妈妈想要的生日礼物，我一定要送给她。有志者事竟成。”

安妮停下来看着吉吉。她若有所思地问道：“你真的这么想？”

“真的。绝对是真的。不管花什么代价，我都要做到。”

“不过，只是……”安妮故意停住了，“哎呀！这太难了。”

“什么太难了？”

“没什么。我只是在想，有时候，有决心的人总能找到办法，解决别人解决不了的问题。”

“你在说什么？”吉吉问道。

安妮又开始在橱柜里找东西，但吉吉发现，她的注意力并不在那里。“您有办法，是吗？”他急切地问，“请您告诉我吧。”

安妮叹了口气，关上柜子的门。她又用那种若有所思的目光盯着吉吉，好像在考察吉吉的品质。

“我没有办法。”她说，“这就是问题。我知道时间流到哪里去了，但我不知道怎么阻止。情况非常严重，吉吉，非常非常严重，人们还认识不到。”

吉吉坐到了凳子上。让吉米等会儿吧，安妮的话让他兴奋不已，这是他最关注的事情。

“什么情况？时间流到哪里了？”

安妮似乎在自言自语：“一个坚定而有才华的年轻人，也许正是我们需要的。”

“我是认真的，你知道的。”吉吉说，“我不在乎代价是什么。只要能为我妈妈买到时间，我就一定会去做的。”

“看得出来，你决心很大。”安妮说，“但我不知道，你胆子够不够大？”

“胆子够不够大，什么意思？我到底要做什么？”

“首先，你得知道地宫的结构。”安妮说，“如果你能找到穿越地宫的方法，剩下的就好办了。”

“怎么穿越？”

“就算我告诉你，你也不会相信我。”安妮说，“如果你决定这么做，我就带你去那里，不过后面的事情就靠你自己了。”

2

吉吉觉得自己的胆子够大，但地宫是个严峻的考验，难度超出了他的想象。进入地宫的唯一方式是跳到地洞里匍匐前进，在黑暗中慢慢通过一条低矮的隧道。过了隧道后，才觉得放松下来。他跟着安妮走进一个狭长的房间，脚下是未铺砌的泥地，头顶是石头做的拱形天花板。

“怎么样，规模不小吧？”安妮·科尔夫一边问吉吉，一边高高举着蜡烛，好让吉吉看清这个地方。

“是不小。”吉吉答道。里面确实很大。

“以前爱尔兰到处是这样的地宫。”安妮说，“但现在留下来的很少了。”

“发生了什么？”

“我猜大部分地宫还在地底下，只是被人为堵住了。”

“为什么？”

“呃，可能因为地宫比较危险吧，牛呀、孩子呀，都有可能掉进去。也可能因为有些人不希望人们在两边进进出出。”

“在两边进进出出？”吉吉有点听不懂。

“这就是我要告诉你的。”安妮答道。

她拿着蜡烛走到墙角，弯腰钻进墙上的第二个爬洞。吉吉跟着飘忽不定的烛光，进入了第二个房间。这个房间略小一些。

“有些地宫的房间很多。”安妮说，“这个只有两个。世界上很多地方有复杂神奇的地下景观：金字塔、墓穴、巨石阵等。相比之下，爱尔兰的地宫就太简陋了。爱尔兰人有一种本事，就是把复杂的东西简单化。”

吉吉四处察看，找不到任何出口。看来安妮说的“两边”不是他想象中的样子。安妮把他带到房间最边上的角落，指着两堵墙相交的三角地带。

“这就是能穿过去的地方。”她说。

吉吉看到的是坚硬的石墙。

“在哪里？”

“你真的相信一切皆有可能吗？”安妮问。

“真的。”吉吉以坚定的口吻答道。

话音刚落，安妮·科尔夫就举着蜡烛，穿过墙消失了。

仅有的光亮消失，吉吉突然陷入一片黑暗之中。恐惧排山倒海般袭来，几乎要将他淹没。就在他快要承受不住之时，安妮·科尔夫回来了，她穿墙而出，站在吉吉面前，就像刚才穿墙而入一样轻松。

“我要穿过去了。”她说，“这一次我不回来了。你要不要跟我过去？”

“等一下！不要把我留在黑暗中！”吉吉喊道，他仍然处于极度的惊恐和困惑中，无法做出决定。

“那就来吧。”安妮说，“什么都不用想。往前走就行……”

安妮抓住吉吉的袖子。吉吉宁可走进一堵墙，也不愿被遗弃在黑暗中。安妮抬起了脚，吉吉毫不犹豫地跟着她。

眼前的景象超出了吉吉的想象，在同一时间内走出一个地方，又走进这个地方，这根本不可能！但这就是刚才发生的事情。他们现在身处的房间跟刚才待过的那个房间一模一样。但吉吉能感知到不同——不是他周围环境的不同，而是他自己感觉不同。原来那种如影随形、无时不在的紧迫感，突然间没有了。这么多年来，吉吉已经习惯了那种感觉，几乎意识不到它的存在。现在，它突然消失了，好似天翻地覆，乾坤扭转，吉吉觉得整个人都轻飘飘的。

安妮转过身来对墙而立。“这是一种薄膜。”她边说边伸出一只手。吉吉看到那只手消失在墙里，墙面依然完整，没有一丝裂缝。墙上的石头看上去与寻常石头无异，坚固结实，但它们紧紧贴着安妮的手臂，应该是像水一样的液体吧。“这是一个完美的封印。”安妮继续说道，“我们穿过它，但不会破坏它。它弥漫在我们周围。我们穿过后，它会再次关闭，跟你进入水中是一个道理。”

“这是什么地方？”吉吉问道。他无法理解。从一个房间走出去的同时又走进来，这是什么情况？他的结论是，他们仍然待在原地。

“来看看吧。”

跟前面一样，安妮钻过爬洞，带着吉吉走出去。在吉吉看来，这两个房间跟穿墙之前的那两个房间没什么区别。但是当他们到外面时，吉吉看到了一个不同的世界：阳光温暖，天空湛蓝，田野青青，树木葱葱，跟肯瓦拉的苍茫天空和多彩秋色形成了鲜明对比。

“我不明白。”吉吉困惑地说道。

“欢迎来到奇那昂格，”安妮·科尔夫说，“永恒的青春之地。”

3

吉吉坐在圆古堡温暖的草坡上，凝视着沐浴在阳光中的山峦。“到这边这么容易，”他对安妮·科尔夫说道，“为什么大家不过来呢？”

“很少有人能进入地宫。”安妮说，“就算进来了，他们也不会想着去穿墙。”

吉吉笑了。“我想知道为什么。”他说。

“有时候人们会不小心掉下来。”安妮说，“我就是这种情况。那天我像平时一样四处查看，结果火把掉在地上摔坏了。我想扶着墙走出去，等我回过神来的时候，就在这里了。”

“那你告诉过别人吗？”

安妮摇了摇头：“过了很长时间，我才弄明白是怎么回事，我想不起这边发生的事情。等你回去的时候，你的记忆会很混乱。不要忘记这一点，吉吉。如果你发现自己在地宫里，或者在别的让你困惑不解的地方，不要害怕。大脑处于休克状态，这就是原因，记忆会慢慢回来的。但到了那个时候……唉，我不知道。我没想过把这件事告诉别人，因为他们十有八九不会相信我。如果他们相信了，那谁知道会是什么后果？”

她递给吉吉一根蜡烛和一盒火柴。“回来的时候需要这些东西。”她轻轻拍了一下自己的夹克衫口袋，“我还有很多。”

“你不打算留在这里吗？”

“我很想留下来，”安妮说，“但我有太多的事情要做。你回家以后，一定要给我打电话。”

她走回地宫入口，在将要进去时转过身来。

“吉吉？”

“嗯？”

“不要停留太久。别忘了发生在奥西恩[①]身上的事情。”

吉吉认识的人里面，有三个叫奥西恩，他看不出他们跟眼前的形势有何关联。

“哪个奥西恩？”他喊道。但安妮已经走了。

---

① 奥西恩（Oisín），也译为“莪相”或“奥伊辛”。奥西恩是凯尔特神话中古爱尔兰著名的英雄人物，也是一位优秀的诗人。他的父亲是芬尼亚勇士团（the Fianna）伟大的领袖芬恩·麦克库尔（Fionn mac Cumhaill）。

吉吉躺在草地上。他看了看手表，五点半，但是从太阳在天空中的位置来看，应该有七点了，实际的时间总是要更晚一些。他知道自己不能闲逛太久，否则会错过晚餐时间。可是不知为什么，他并不觉得特别担心。他有自己的任务，理智告诉他，买到时间才是最重要的事情，但他很难做到争分夺秒，他找不到那种紧迫感。旁边的野李子丛中，红雀的歌声婉转嘹亮，拨动着他的心弦。吉吉不明白，时间为何会这样压迫着他。这一切都是为了什么，这样拼命奔跑，却找不到一个终点?

4

吉吉突然惊醒过来。他感觉睡了几个小时，可是一看手表，才过去五分钟，只是打个小盹的时间而已。

他四仰八叉地躺着，感觉自己很多年都没有这样做了。虽然吉吉很清醒，但他还是翻了个身，想再睡一会儿。他休息得很充分，完全可以马上去做手头的事情。天空依然那么明亮，太阳有点晃眼。他想在四周转转。老家从来没有这样的好天气。或许也有，但人们的神经绷得太紧了，没法去享受。晒太阳是奢侈的行为，要做的事情太多了：晒干草，刷房子，从超市回来的路上快速游个泳。

吉吉脱下外衣，搭在肩上，往镇子里走去。他初见这个世界的时候，感觉跟他自己的世界差不多。现在仔细一看，发现还是有很大区别。首先，这里房子很少，而且看上去一点也不像房子。它们有着不规则的、生物体一样的外观，有的像是从大块岩石中凿出来的，有的像是从地壳的温和运动中拱出来的。镇子里看不到一个人影，所有的房门都是关着的，只在一家门前看到一只蹲在台阶上的小黄猫。然而，有很多奇怪的证据表明，这里确实有人。

袜子！

在经过第一个篱笆时，吉吉并没有特别去留意。他家的篱笆上常常挂着衣服什么的，因此他不觉得篱笆上挂袜子有什么奇怪。但绕过一个弯后，又看到三只袜子躺在草丛边上，还有一只挂在几米外的树枝上，他开始觉得有点不同寻常了。

比起另一个肯瓦拉，这里的树林更茂密，里面的鸟儿也更多。这里也有田地，但边界参差不齐；还有，这里的墙是倒塌的，篱笆是稀疏的。他看到了几头牛和几匹马，个个膘肥体壮、皮毛光滑、神态悠闲。这些动物都在四处溜达，看得出来，它们过得很快活。除了这些牛和马，没有一点农耕的迹象。没有拖拉机，没有黑草捆，没有耕地的人。

人们都去哪里了？住在奇那昂格的是什么人？仙人吗？

矮妖精[①] 吗？神灵吗？他打了个寒战，有点害怕，但并不恐惧。阳光还是那么温暖明亮，袜子一只又一只，大概每一百米就能碰到袜子，这里一只，那里两三只。有绣着卡通人物或泰迪熊图案的婴儿袜，还有不同颜色不同质地的儿童袜和成人袜。这些袜子图案丰富，有菱形袜、格子袜和圆点袜；质地多样，有羊毛袜、棉袜和尼龙袜。它们在阳光下分外醒目，诡异的是，它们都不成对。不知道袜子的主人是谁。不管是谁，都挺恐怖的。

从地宫出口走到镇子，用了至少半个小时。吉吉在小镇的大路上停下来，看了看表，上面显示的时间仍然是五点三十五分。他摇了摇手表，把耳朵凑上去听了听。沉默，嘀嗒一下，又是沉默。他把手表上面的按钮逐个按了一遍，试验了所有的时区，把设置时间和闹钟的小按钮拉进来推出去，想弄明白这表到底怎么了，可惜一切努力都是徒劳。他可以看到秒针在走，但走得慢得出奇，踉踉跄跄往前一步，停下来，接着又往前一步。这要是以前，吉吉肯定已经非常不耐烦了，但现在他觉得无所谓。手表停了又有什么关系呢？难道有什么要紧的事吗？

吉吉继续向前走，终于走到了小镇的边上，或者说他记忆中那个小镇的边上。这里当然是肯瓦拉，但好像又不是。麦克

---

① 矮妖精，爱尔兰民间传说中的一种精灵，能指点宝藏。

马洪加油站变成了两个漆着黄色和蓝色的金属水泵。对面是高高的石墙，一排挺拔的大树倚墙而立，这个是一样的，但后面本应是教堂的地方，耸立着一块巨大的灰色岩石，岩壁上刻着圆形和螺旋形的花纹，裂缝间生长着低矮的灌木和蕨类植物。也许这块石头里供奉着什么圣人或圣物，但吉吉懒得去研究，他没有逗留，径直朝镇子里走去。

吉吉在镇子里面穿行，街道相同，方向相同，目力所及的拐角和路口也是一样的，但这里都是石子路，不像他们那边是平坦的大路。道路两旁的房子和他前面见过的差不多。这些房子以各种奇怪的角度靠在一起，没有任何两所房子是对齐的，但不知为何，这些随意的排列反而让人觉得轻松舒适。吉吉留神观察，发现所有的房子都是空的。人们都去哪里了呢？

吉吉凝神细听，没有风。他穿过与大街交叉的小巷，瞥见了大海，但是他听不到大海的声音。海面像玻璃一样纹丝不动，没有气流，也没有一点浪花。但他隐隐约约听到了一点声音，是音乐，微弱的音乐声从街头飘向他身边。

他循着音乐的声音向前走。突然，他看见墙上有个影子在移动，原来是一只体型巨大的灰狗，之前它躺在地上，吉吉没有注意到，这会儿它站起来，正对着吉吉。吉吉不想惹它，就走到街道的另一头，没想到大灰狗也从墙边走过来，远远地挡住了他的去路。虽然距离很远，但吉吉看得出来，这个东西的状况很悲惨。它只能用三条腿走路，有一条后腿从肘关节处断了，拖在后面。

吉吉打了个哆嗦。眼前的景象实在吓人，原来奇那昂格并非乐土一片，他开始怀疑，前面还会有什么恐怖的事情等着他。

他在大街中间停下来，观察着这只大灰狗。它长着粗硬的毛发和尖长的嘴巴，外形像一只爱尔兰狼狗，但是比吉吉见过的更庞大更笨重。大灰狗朝吉吉走过来，吉吉盯着它，做好了跑的架势。但这只狗没有一点挑衅的意思，它举止温驯，甚至有点低声下气。吉吉站在原地不动，大灰狗走到他跟前，嗅着他的手。吉吉伸出手，抚摸着它的头。

当吉吉弯腰看到灰狗的伤口时，不由得倒吸了一口凉气。伤口又深又重，十分恐怖。小腿勉强挂在皮肤和肌腱上，大腿与小腿之间的骨头裸露在外，一滴血掉到了尘土中。

“可怜的家伙。”吉吉说，“你到底怎么啦？”

灰狗似乎听懂了吉吉的话，突然竖起耳朵，扭头看着大街。一头棕色的山羊朝他们飞奔而来，后面紧跟着一个高大魁梧的大胡子男人。

“拦住它！”大胡子男人冲吉吉喊道。

吉吉张开双臂挡住了山羊的去路。山羊往左边一躲，但吉吉对山羊的习惯了如指掌，早就料到了它的动向，又把它拦住了。山羊观察了下形势，反身从后面追捕者的腋下冲了过去。

“好家伙，”大胡子男人抓住了它的一只角，“跟横冲直撞的马车一样，太厉害了！”

山羊发出哀怨的叫声，拼命挣扎，但是大胡子紧紧抓住它的角，不给它溜走的机会。

“去下面的码头吧。”他冲吉吉说道，“大家都在那里。”

“我刚才看到了这只狗。”吉吉说。

“哦，很好。”男人说，“它叫皮皮。”

“它的伤势很严重。”吉吉说。

“大概是打架弄的吧。”那人说，“可怜的老皮。”

男人拖着那只还在挣扎的山羊，向山下走去。

“我们不能丢下这只狗。”吉吉说。

“不用管它。”男人说，“它八成会跟咱们一起走的。”

5

“你有没有碰到吉吉？”海伦一见到菲尔就问。菲尔很早就过来，为晚上的凯利舞会做准备。

“没有。”菲尔说，“他没在家吗？”

海伦摇了摇头：“他应该很快回来吧。”

菲尔打开盒子，把吉他拿出来。“我也没有找到我们的警察，”他说，“好像没有人知道他住哪里。大概是因为他在这里的时间还不长吧。”

海伦瞥了一眼房门。她的心思不在警察那里。“太遗憾了。”

她说。

“下次舞会之前，我们肯定会碰到他。”菲尔说，“如果我下次在格林酒吧碰到他，就给你打个电话，怎么样？”

“很好，打呗。”海伦说。

“是在下次他带着小提琴的时候，”菲尔说，“不是下次他记录我们名字的时候。”

跳舞的人三三两两地进来，在临时搭好的吧台前走来走去。海伦放下手风琴，分开人群走到门口。夜幕已经降临，黑乎乎的院子里停满了车。又一批舞者到了。

“你们有没有在路上碰到吉吉？”海伦见人就问。

电话响起的时候，安妮·科尔夫刚刚把吉吉自行车前胎的气放完。她看了看手表，马上十点了。她拿起了话筒。果然在她意料之中，打电话的是海伦·利迪。听海伦那边说完后，安妮答道：“是的。吉吉把奶酪带过来了。已经过了好一阵子了，大概五点的时候吧。”

“他跟你说了他要去哪里吗？”

“没有。”安妮诚恳地说，“他最关心的是你的生日礼物。”

“我的生日礼物？”

“他想给你买的东西。”

“哦。”海伦说，“吉吉说要去看看吉米·道林，但是吉米家没人接电话。说不定他又去别人家了。”

“有可能。”安妮说，“他把自行车放在我家了，你知道吧，车胎上有个洞。我说开车送他一程，但他说不用了。”

“哦，这样啊。”海伦说，她听起来松了口气，“那他可能是搭别人的车走了。”

安妮挂断电话，坐在椅子上沉思起来。痛苦的吉吉父母并非她计划的一部分。想到这里她又发现，自己其实根本就没有计划。或许她应该把吉吉带回来，免得海伦更担心。不过话又说回来，如果吉吉真的拿到了想要的生日礼物，那她就能得到更多的补偿。吉吉在外面再待个几天，不会给她带来太多伤害。

海伦回到凯利舞会。舞者们还在吧台周围站着，等待音乐开始。玛丽亚是大家都喜爱的舞伴，有人已经跟她跳起来。看到妈妈忧心忡忡的样子，她挣脱了抓着她的舞伴，急急走过来。

“你没事吧，妈妈？”

“我只是担心吉吉。”

“不用担心。”玛丽亚说，“他能把自己照顾好，他不会干傻事的。”

“但愿如此。”海伦说，“我只是想不通他能去哪里。”

“他没告诉你吗？”玛丽亚说，“可恶的家伙。”

“告诉我什么？”

“他去戈特的俱乐部了。”

“俱乐部？”

“是呀，他们都计划好了。晚上他会住在吉米·道林家。我不敢相信他就这么走了，他答应我他会告诉你的。”

6

吉吉走到了码头，灰狗一瘸一拐地跟在他后面，看上去痛苦不堪。山脚下的码头处是一块三角形的广场，一边是小镇大街，另一边是一排造型奇特的房子，还有一边是港口的墙壁。小镇的居民正聚在这个广场上跳舞。

吉吉有点失望，这些人既不是妖精也不是神仙。他们穿着过去几个世纪的代表性服装，五花八门，风格迥异，让吉吉有种走进化装舞会的错觉。除此以外，码头上的人与爱尔兰小镇上的居民没有什么不同。

附近的三家酒吧都开着门。在吉吉的肯瓦拉小镇，这几家酒吧都有名字，分别是格林酒吧、康诺利酒吧和塞克斯顿酒吧，但在这里，酒吧外面没有招牌，因此不知道它们叫什么。不跳舞的人或者懒洋洋地靠在酒吧的墙上，或者闲散地坐在外面的长椅和马路上，他们手里端着高脚杯、大啤酒杯或普通玻璃杯，里面装的好像是吉尼斯啤酒①。

没有人注意到吉吉的到来。灰狗离开吉吉，走向那些人，坐到康诺利酒吧前的过道上。过道一边是墙壁，另一边是椅子、啤酒桶和水桶，水桶倒扣着，乐手们坐在上面。吉吉靠在角

① 吉尼斯啤酒，爱尔兰著名啤酒品牌，始于1759年。吉尼斯世界纪录即起源于该啤酒公司。

落里，从后面观察着这些乐手。总共有六个人：两个小提琴手、一个风笛手、一个口笛手、一个长笛手和一个宝思兰鼓[1]手，那个鼓手正是吉吉见过的大胡子赶羊人。乐手们正在演奏一组里尔舞曲。吉吉听过这个曲调或这个曲调的一种变体，但他想不起这首舞曲的名称。他们演奏得并不是特别快，但节奏欢快活泼，高音令人兴奋。吉吉的脚开始发痒，他很想跳舞。

这些舞者跳的舞，既不像是利迪家凯利舞那样的集体舞，也不像演奏会踢踏舞或老式舞那样的独舞。这些人一会儿跳独舞，一会儿跳集体舞。一会儿互相交织，凑在一起；一会儿又四面散开，形成一个整体，最后突然变换舞步，形成一个完美的大圆。他们的步法很壮观，既活力四射又曼妙优雅。他们的身体像空气一样轻盈。

吉吉还没看够，这组舞曲就结束了。舞者们很兴奋，一边开心地笑着，一边整理着衣服或头发。他们四散走开，有的去了酒吧，有些站在一起聊天或调情。乐手们也准备离开，他们站起来的时候，注意到了靠在墙边的吉吉。他们开了个简短的小会，似乎在讨论什么，然后其中一位小提琴手——一个金发的年轻男子带着胜利的微笑，向吉吉招招手，示意他过来。

“欢迎你。”这个小提琴手边说边指着一个空座位让吉吉

---

① 宝思兰鼓，爱尔兰和苏格兰民乐中常用的单面浅鼓，鼓面由山羊皮制成。

坐下，“我以前没在这里见过你。”

“以前我没来过这里。”吉吉道。

“那就更要欢迎你了。”小提琴手说，“我们很难见到什么新面孔。你叫什么名字？”

“吉吉。”

年轻人开始向吉吉介绍这些乐手。吹风笛的是科马克；吹口笛的是珍妮；吹长笛的是马库斯；打宝思兰鼓的是德瓦尼，就是前面的那个赶羊人。另外一个小提琴手叫玛姬，她似乎睡着了，没有跟吉吉握手。

“我是安古斯[①]。”小提琴手介绍完毕后问道，“你会演奏乐器吗？”

“会一点。”吉吉回答，“主要是小提琴。也会一点长笛。”

“太好了，”安古斯说，“跟我们演奏一曲吧。”

“啊，不好吧。”对于演奏，吉吉一般不会怯场，但他在这里听到的音乐，跟他学过的在节奏和音调上有微妙的不同。他想多听听，然后再拿起乐器加入。另外，他费了点劲才想起来，他来这里可不是为了演奏音乐。

“我在街上遇见了这只狗。你们知道它是谁家的吗？”

乐手们转过身看着那条狗，它正四肢伸展躺在人行道上。

---

① 安古斯，凯尔特神话中主神达格达的儿子，是爱、青春及灵感之神。

“它叫皮皮。”珍妮说。

“是你的吗？”

“它没有主人。”珍妮说。

“应该带它去看看兽医。”吉吉说，“要是你们不介意的话，我可以带它去。”他身上只有十欧元，肯定付不起看兽医的钱，但是如果兽医因为费用为难他的话，他会想办法沟通的。

“没有人能为皮皮做什么。”安古斯说，“你没必要替它担心。”

“来演奏一首曲子吧。”马库斯说。

这些人对待灰狗的冷漠态度让吉吉很不舒服。他自己并非多愁善感之人，从小就接触各种各样的家畜，也熟知它们生病或受伤的样子，但皮皮的伤口特别严重，急需治疗。

“我来这里不是演奏音乐的。”他不客气地说。其实他并不想这样。

“哦？”安古斯哼了一声，吉吉明明看见他清澈的绿眼睛里闪现出一丝敌意，以为他要发火，结果那敌意转瞬即逝，好像什么都没发生，吉吉都有点怀疑自己的眼睛了，“那么，你为什么来这里？为了拯救一只断腿的狗？”

“不是。”吉吉答道。

“所以……你别有所图。”玛姬说，看来她根本没睡着。

“可以这么说吧。”吉吉说。他这才意识到，灰狗的出现几乎让他忘了自己的正事。怎么会这样呢？有点荒谬！他理了理思路，接着说："有人告诉我，你们能帮我买一些时间。"

"时间？"德瓦尼说。

"小意思。"安古斯说。

"我们有大把大把的时间。"科马克说，"我们要它根本没用。"

"喔，太棒啦。"吉吉说，情况变得更荒谬了，但吉吉不想深究，他接着问，"那你们会卖给我一些吗？"

"拿走吧，"安古斯说，"都拿走吧。"

吉吉惊讶得说不出话来，他在考虑这个人说的话是不是真的。

"我们不想要时间。"安古斯继续说道，"欢迎你拿走它。"

"你的意思是，"吉吉有些诧异，"你是说……直接拿走吗？"

"直接拿走。"安古斯说。

吉吉盯着对方的脸，怀疑他在捉弄自己。但是对方一脸诚恳，既没有恶意，也不像在开玩笑。可是，这件事不会这么简单吧？

德瓦尼意识到了他的困惑。"等一下。"他说，"让他用东西来交换吧，这样更好一些。"

"没错。"玛姬说，"这才是真正的交易。"

"这样的话，他会更加珍惜时间。"马库斯说。

"好的，那么，"安古斯说，"给我们报个价吧。"

吉吉摸着口袋里的十欧元钞票。他不知道会碰到这种情况，早知道他就多带点钱在身上了。这会儿他只希望自己能有点预见能力，提前跟安妮·科尔夫借点钱就好了。

他想来想去，掏出了那可怜的十欧元钞票，说道："这是我身上所有的钱。"

乐手们盯着他手里那张皱巴巴的钞票。坏了，吉吉有点窘迫，他这么做是在羞辱他们。

"我可以回家去取。"他急忙说，"我在信用社里存了几百欧元呢。"

"啊，你弄错了，"科马克说，"不是钱的问题。"

"再多的钱也打动不了我们。"珍妮说。

"钱对我们来说没用。"玛姬说。

"我们不用钱。"德瓦尼说。

"你没有别的东西吗？"安古斯问。

吉吉在口袋里摸索着。他的夹克胸袋里装着安妮·科尔夫给他的蜡烛和火柴，但这两样东西不能给，他回家的时候要用到。胸袋里还有一把小刀，可这个是他特别在意的东西，不到万不得已，他也不想给。他开始挨个翻找身上的口袋。

安古斯抬头望着天空。德瓦尼重重击了几下宝思兰鼓，检查鼓皮是否好用。玛姬似乎又睡着了。

"肯定有什么东西。"德瓦尼说。

"肯定有，我们好好想想。"珍妮说。

“我想起来了。”安古斯说，“有个东西我们都想要。”

“什么东西？”吉吉慌忙问道。

“《多德第九舞曲》。”

“是的！”玛姬一下子睁开了眼睛，看上去比谁都清醒。

“还是你脑子好使！”科马克说。

吉吉调用了他所有的脑细胞。《多德第九舞曲》，非常普通的一支曲子，他们那边的人经常拿这个曲名开玩笑。为何是“多德第九”？没有“第八”和“第十”，没有“第一”和“第二”，也没有其他任何一个数字，只有“第九”。

这首舞曲是海伦最喜爱的曲子之一，吉吉知道自己演奏过。在演奏会上，吉吉可以拉上几十支，甚至几百支曲子，问题是他记不住这些曲子的名称。只有在比赛的时候，他才会想着乐曲的名称，在平时的演奏中，根本不用管名称是什么。

“你不知道吗？”安古斯失望地问道。

“我知道。”吉吉说，“可我就是想不起来这首曲子是怎么开头的。”

“我们也想知道。”玛姬说。

“以前我们人人都会，”马库斯说，“后来它从我们的大脑中溜走了。我们想把它找回来。”

“了不起的舞曲。”德瓦尼说。

“最棒的。”珍妮说。

吉吉几乎想破了脑袋。他记得这首曲子与优秀的南戈尔韦手风琴手乔库里有关。在乔库里去世之前，人们录制了他在酒吧演奏的音乐，《多德第九舞曲》就在那张专辑里。以前海伦经常在家里演奏，吉吉对这支舞曲的旋律倒背如流。

安古斯把他的小提琴递给吉吉。吉吉拿过来，心里想着那张专辑，试着演奏了一首曲子。

“这个是《黑刺李手杖》。”德瓦尼说。

吉吉又试了一首。

“《云雀》。”玛姬说。

吉吉绞尽脑汁也想不出来。“我会一些帕迪·费伊的曲子，特别好听，”他说，“可以教给你们一两首。”

珍妮咯咯笑了起来。安古斯摇了摇头。

“我们会所有帕迪的曲子。”他说。

“其实是帕迪拿走了我们的曲子。”科马克说。

“你这么说他会不高兴的。”吉吉说。

“为什么不高兴？”安古斯说，“他会第一个承认的，可惜别人不会相信他的话。”

吉吉有点动摇，但他不想讨论这个问题。

“前几天我刚学了一首很棒的里尔舞曲。”他说。

“让我们听听。”安古斯说。

吉吉拉起了外曾祖父的里尔舞曲，刚拉了两个小节，其他人就加入了演奏。很明显，这群人知道这首曲子。吉吉想停下来，但跟他们一起演奏很有意思，他就一直拉了下去。拉奏完一遍后，他听出了他们演奏中的重音和连奏，明白了为何会有那样独特的高音。拉奏第三遍的时候，他适应了这些变化并把它们融入自己的演奏中。玛姬示意他开始下一首，他换成了海伦头天晚上教他的第二首舞曲，其他人毫不费力地跟上来，和他一起演奏。这首曲子结束后，安古斯拿回了他的小提琴。

“拉得不错。”他说，“不过，你就是把我的琴弓磨断了，也找不出一支我们没听过的曲子。”

“都是从我们这边传过去的。”马库斯说。

镇里上岁数的人都这么说。难道他们是对的？但肯定不是所有的曲调吧。现代新曲的作曲家很多，帕迪 · 费伊并不是唯一一个。

“我自己写过一首曲子。”吉吉说。

“你以为是你自己写的，”玛姬说，“其实不是。”

“你听到了我们的演奏，”德瓦尼说，“但你觉得那是从你自己头脑里冒出来的。”

“很多人都碰到过这种情况。”珍妮说。

“拉一下。”安古斯说。

吉吉举起小提琴，拉了几个音符。

其他人马上加入进来。吉吉停下来，交回了小提琴。

“我不相信，”他说，“这都不是什么好听的曲子。”

“并非所有的曲子都好听。”玛姬说。

“如果是的话，”马库斯说，“别人早就把它偷走了。”

“哎，不对。”安古斯说，“我们不认为那是偷。”

大家你看看我，我看看你，都不说话了。一声低低的咩咩声打破了这沉默，听着像是从宝思兰鼓那里传来的，德瓦尼拍打了几下鼓面，似乎叫它闭嘴。吉吉看了看周围，没有山羊的影子，他的注意力又回到《多德第九舞曲》上。

“你们还有别的想不起来的曲子吗？”吉吉问道。

他们都摇了摇头。

“我说，”玛姬说，“你为什么不直接把时间拿走呢?《多德第九舞曲》嘛，你可以先欠着。”

“太棒了。”安古斯说。其他人都表示热烈赞同。

“好的。”吉吉说，“我先从我妈妈那里学会了，然后再给你们带过来。”

“如果你过不来，”科马克说，“我们派人从你那里拿过来，也可以吧？”

“不可以。”玛姬说，“我们以前试过，你忘了吗？”

“对呀，已经试过了。”科马克说。

“去那边的问题就在这里。”德瓦尼说，“只要你到了那里，你就忘了要找什么。”

“我不会忘的。”吉吉说，“我会把它写在手上。我一定会给你们带回来的。”

“好办法！”马库斯说。

“我看行。”玛姬说。

“那你现在就走吧。”安古斯说，“把你想要的时间都拿走，要多少拿多少。”

吉吉站了起来，很有成就感。其他人也放下手中的乐器站起来，为交易达成而高兴地握手。

“好的。”吉吉说，“那我怎么把时间拿走呢？”

“你不知道吗？”玛姬问。

“不知道。”吉吉满怀期待地说道。

那几个人纷纷坐回去。

“我们也不知道。”德瓦尼说。

“总有一个法子吧。”安古斯说。

PART 3

奇那昂格

The
New
Policeman

1

海伦很生气。因为生气，当天晚上她没有去找吉吉。第二天晚上她才给道林家打电话，问吉吉是不是准备回家，或者说什么时候回家。当她发现吉吉不在那里，也没有去俱乐部时，她陷入了恐慌。她质问玛丽亚，把玛丽亚都弄哭了。她又打电话给吉吉所有现在和以前的朋友，大家都说没有见过吉吉。

“会不会是因为女孩子？”塞伦猜测道。

“他才十五岁！”海伦说。

“那有什么？罗密欧和朱丽叶也是十五岁。”

“他不会私奔，塞伦！”海伦突然发火了。

“你用不着把愤怒发泄在我们身上！”塞伦也发火了，“他随时都可能从门外走进来，给你一个完美的解释，告诉你他去哪里了。”

他们都觉得吉吉随时会回来，但他们很快就失望了。玛丽亚责怪自己跟妈妈说吉吉去了俱乐部，海伦责怪自己那么晚才给道林家打电话。塞伦受不了母女俩无休无止的自责，开车出去在镇子四周搜寻。他确信会在某个地方找到吉吉，或者会在回家的路上碰到吉吉。最终他一无所获地回了家，海伦已经急得六神无主了。

“这不是吉吉的风格。”她说，“他肯定是出了什么事。我要打电话给警察。”

厄尔利队长接到了海伦的电话。海伦讲述了事情发生的经过，描述了吉吉的样子，还有他失踪之前穿的衣服。厄尔利队长承诺将这些信息通知该地区所有的警察。一个小时后，厄尔利队长亲自到了吉吉家，从吉吉的三位亲属那里获得了更充分的信息。他仔细询问了吉吉的精神状态——他在学校快乐吗？他有朋友吗？有女朋友吗？他喝酒吗？或者，就他们所知，他是否吸食过某种违禁药物？他出门之前和家里人吵过架吗？

询问完毕后，厄尔利队长合上了记录本，把钢笔放在一旁。“如果我是您的话，我就不会太担心。”他说，“百分之九十五的失踪者会在报案四十八小时之内出现。”他在前门的台阶上犹豫了一下，“这栋房子以音乐而闻名。”他继续说，“我听说您的母亲经常演奏，您也一样，利迪夫人。”

海伦忽略了他说的“夫人”。

“音乐在我们家世代相传。”她说。

“我自己也玩乐器，”厄尔利队长说，“班卓琴。没有它我活不下去。”

“我知道您的感觉。”海伦说。

厄尔利队长关上身后的门出去了。

塞伦说：“天哪。你相信吗？他们都在忙着找吉吉。爱尔兰警署的凯利舞队！”

海伦的恐惧并没有因为队长的保证而减轻。已经有两个人从利迪家消失了，这么多年过去了，这两个人都没有再次出现。队长关于吉吉心理健康的问题给塞伦心中投下了一片阴影，毕竟，爱尔兰的青少年自杀率在急剧上升。等海伦挤羊奶、玛丽亚在客厅守着电话的时候，塞伦一个人出去，悄悄搜查了农场上的所有建筑。

2

吉吉还没完全搞清状况，码头上的聚会就结束了，人们四散走开了。

“也许人们不喜欢我的音乐。”他说。

“为什么不喜欢呢？”马库斯反问道。

德瓦尼在与他的宝思兰鼓做斗争，他用小扳手敲打着可怜的鼓皮。那鼓，吉吉十分确定，似乎受不了他的折磨，发出抗议的声音，听上去像是山羊在大声叫唤。尽管这里一片喧闹，玛姬还是再次睡着了。

吉吉观察了德瓦尼一会儿，想搞清楚发生了什么事。

“不管怎么说，”他说，“我不明白你们为什么这么想摆脱时间。我要是有你们一半的时间就好了。”

“我们不想要时间。”玛姬闭着眼睛说道。

“我们根本不需要时间。”珍妮说。

“这是一个错误，”安古斯说，“有些事情不对劲。时间不应该在这里。”

吉吉开始觉得，整件事情都是精心策划的结果，安妮·科尔夫给他设了一个局。

“没有时间你们怎么办呢？”他问。

“活着。”玛姬说。

“这里的东西正在死去。”科马克说。

“你说什么？”吉吉有点摸不着头脑。

“你看。”科马克指着珍妮椅子底下的一个黑点。吉吉弯下腰仔细看了看，是一只死苍蝇。

“以前不会这样。”科马克说。

吉吉觉得难以置信，他哈哈大笑起来：“你应该看看我家的房子，”他说，“上面爬满了死苍蝇。好吧，不是爬满了，但是——”

“你说的没错。”玛姬说，她的眼睛又睁开了，“但是这种事情不应该发生在这里。”

“这里是奇那昂格，”安古斯说，“永恒的青春之地。但那只苍蝇老了，变老，然后死去。这不应该发生。”

德瓦尼用扳手捶着宝思兰鼓，看来他和鼓的斗争告一段落了。

“我们面临着一个令人绝望的问题。”他说。

“那就是时间。”玛姬说。

安古斯抬头看了看天空。从见面到现在，吉吉发现他已经看了好几次了。

“你看见太阳了吗？”安古斯问道。

“看见了。”吉吉说，“有什么不对劲吗？”

“有。”安古斯说，他指着天空中的一个地方，大概头顶上方的位置，“太阳本来在这里。”

“本来是在这里，”吉吉说，“但过会儿它就会到那里，”他指着西边的地平线说，“再过会儿它就下山了。”

“我们不想看到这种情况。”德瓦尼说。

“但是……”

安古斯又指了指头顶上面：“太阳应该在这里。在我们这个世界里，它只能在这个位置。”

“什么？永远这样吗？”吉吉不敢相信地问道。

玛姬疲倦地叹了口气：“我们以前都没有‘永远’这样的词，”她说，“我们只有‘现在’。”

“时间出了大问题，”安古斯说，“这就是我们希望你把时间带走的原因。”

“让时间回到它自己的地方。”科马克说。

“我们很高兴摆脱它。”德瓦尼说。

吉吉觉得他们越说越离谱，根本不值得相信，便忍不住冷嘲热讽起来：“我不明白。”他说，“这就是你们整个下午都在演奏和跳舞的原因？如果问题像你们说的那么严重，你们怎么不去解决呢？”

“说得有道理。”珍妮说。

“是的。”玛姬说。

“是这样的，”安古斯说，“我们不太擅长为事情担忧。”

“我们没有练习担忧的机会。”德瓦尼说。

“你们真是幸运。”吉吉说，“我可以给你们上几节课。”

“好呀。”安古斯说。

就在这时，宝思兰鼓开始晃动起来，发出狂暴的“咩咩”的叫声。德瓦尼拿起扳手，想想又放下了。他站起来，用力把鼓扔到空荡荡的街道上。那鼓一碰地面，就变成了一头棕色的山羊。吉吉第一次遇到德瓦尼时，就看到他在追赶这头山羊。

吉吉目不转睛地盯着山羊。那些死苍蝇啦，永恒的青春啦，他可以当成废话，置之不理，但是眼前的这一幕是活生生的，太不可思议了！山羊甩甩身子，大摇大摆地走在码头上。

“可以开始了吗？”安古斯问道。

“嗯？”吉吉不知道他在问什么。

“关于担忧的课，”安古斯说，“现在能开始吗？”

3

“噢。”吉吉回答道。刚才在码头上发生的事情超出了他的理解，他还处在极度惊讶的状态中，没有回过神来，“我觉得，嗯，我的意思是，你不必故意去担心。”

他与安古斯并肩走在镇里的大街上，安古斯想去买烟抽。

“不是这样吗？”安古斯诧异地问道。

“不是，你只需要考虑那些成为问题的事情——已经发生了的事情。”

“肯定有很多这样的事情。”安古斯说。

他们走到了药店外面，吉吉停下来，透过窗户往里看。里面到处是古老的瓶子、罐子和盒子。他看到一排小铜桶，里面装着各种颜色的粉末，其中有一个盛着闪亮的液体，吉吉感觉像是水银。在商店黑乎乎的角落里，他隐约看到了更多稀奇古怪的东西：捣药的杵和臼、小圆球、刻着不明文字的黄铜烧杯。吉吉不禁暗自发笑，要是那个肯瓦拉的药店店主赛德纳·多宾看到这些，肯定会笑破肚子。

“这些东西都是什么？”他问安古斯。

“炼金术的各种配料。”安古斯说。

“炼金术是什么？”

“提炼金子的技术。”

“真的吗？”吉吉说，“你们能用这些东西做出金子？”

“我觉得做不出来，”安古斯说，“但尝试一下没什么坏处。”

“我们能进去吗？”吉吉问。

“不能，不能。”安古斯抓住他的胳膊肘，把他从门口拽走，“这里全是矮妖。你不想和他们混在一起。”

“为什么不能？”

“他们都是狡猾的小老头，”安古斯说，“黄金迷，十足的疯子。”

“也就是说，买这些东西的都是矮妖？”

“是的。”

吉吉再次向里面张望：“你们又不用钱，他们怎么给你们付款？”

“用金子。”

“啊？”吉吉说，“那有什么意义？”

“问我没用，”安古斯说，“我从来不懂什么叫赚钱。”

有尖细的争吵声从药店里面传出来，声音不大。安古斯走开了，吉吉跟在他后面，这时吉吉注意到那只大灰狗一直跟着他们。它一瘸一拐地走到吉吉跟前，吉吉揉了揉它的耳朵。

“这只狗怎么了？”吉吉问安古斯。

“我不知道。”安古斯说，“它第一次出现的时候，就是这个样子。”

“从哪里出现的？”

“从另一边。你们那一边。”

“但为什么没有人帮帮它呢？它一定有主人，是吧？”

“是的。”安古斯说，“它是芬恩 · 麦克库尔[①] 的狗。”

“芬恩·麦克库尔？但他不是真人，他只是传说中的人物。”

“不对。”安古斯说，“他和你我一样真实。”

“也许这个人真实存在过，”吉吉说，“但他肯定是上古时代的人吧。如果这只狗是他的，那得多大岁数了？”

安古斯耸了耸肩：“我怎么知道？你能从它的牙齿看出来吗？”

“我不是这个意思。”吉吉说，“我是说，如果它是芬恩·麦克库尔的狗，那它肯定特别老，至少得有上千岁吧。它什么时候出现的？”

安古斯又指了指天空。

“太阳在那里的时候出现的。”他说，“现在，要是你不介意，我就进去买烟了。”

安古斯走进伯克商店，或者说吉吉老家那个伯克商店的对应版。从外观看，这个房子并不像一家商店。透过窗户，吉吉能看到常春藤覆盖着的破旧木架子。他正要跟着安古斯进去，但灰狗皮皮把头靠在他的手上，寻求更多安抚。吉吉挠了挠它的下巴，弯腰检视它的伤口。一滴又一滴血从它的断腿上掉下来，伤口是新的，可见安古斯刚才在胡扯，皮皮不可能

---

① 芬恩 · 麦克库尔，凯尔特神话中爱尔兰最著名的传奇英雄之一，古老的盖尔语史诗《芬尼亚传奇》中最重要的人物，大名鼎鼎的芬尼亚勇士团的杰出领袖。

是芬恩·麦克库尔的狗。如果找到好兽医的话，就能给它处理一下伤口。但这里有兽医吗?

吉吉走回街上，皮皮趔趄着跟在他后面。他穿过广场，来到本应是兽医诊所的房子跟前。他抱着试一试的心态敲了敲门。如果伯克商店是一家商店，如果药店是炼金材料店，那这所房子里也许会有个奇那昂格版的兽医。门开了，站在他面前的是昏昏欲睡的玛姬。

“你好啊。”玛姬说，“你是来演奏曲子的吗？”

“不是。”吉吉说，“我在找兽医。”

“兽医是什么？”

“兽医，哦，就是给动物看病的医生。”

“我不知道是什么，”玛姬说，“反正我们这里没有。我们也没有医生。”

“你们没有医生吗？”

“我们要他们做什么呢？”

“为了让你恢复健康呀。”吉吉说，“万一你生了病。”

玛姬摇了摇头：“这里没有那样的情况。如果你健康，那你就是健康的，不会生病。如果你生病了，你就是生病了，不会恢复的。我不担心皮皮，也不担心这里的人。”玛姬犹豫了一下，“至少以前是这样的……”她指着天空说，“以前，太阳在它应该在的地方。”

吉吉的头都大了，他不明白玛姬在说什么。“但是皮皮很痛苦。”他说。

“它很痛苦，是吗？”玛姬心不在焉地说道，“可怜的皮皮。你真的不想演奏一曲吗？”

4

星期一上午，新警察一大早就去上班。厄尔利队长安排他和特里西警官去做上门调查，范围是从肯瓦拉到安妮·科尔夫的家——失踪男孩所经过的路线。安妮·科尔夫不在家，这让拉里松了口气。在戈特突袭酒吧的那次，她跟拉里说自己的名字是“露茜·坎贝尔”，这次拉里可不想再听到什么新名字。

他们拿着吉吉的照片，给当天上午能找到的待在家中的人看，但没人记得星期六看到过那个男孩。反倒有一两个人认出了奥德怀尔警官，并盛赞他出色的小提琴演奏。在第二次听到这话时，特里西警官说：“我们要找个时间听听。你在哪里演奏？”

“一般都在家里。”拉里说。

“厄尔利队长知道吗？”

“不知道吧。”拉里说。

特里西在一栋房子门前的路上停好车，但他没有着急进去调查，而是跟拉里说：“队长本人也会演奏，你知道吧？他弹班卓琴。”

“一种个头很大的乐器。”拉里说，“这东西应该放在美国，它属于美国。”

“最好别让队长听到这话。”特里西说。

“不会让他听到的。”拉里回答。

中午他们俩回警局吃了饭，然后开车到镇子里继续询问。他们先从商店开始。吉吉消失的消息已经传遍了小镇，人们都很关心这孩子，纷纷向他们打探消息，可惜他们也一无所知。

他们在法伦超市遇到了托马斯·奥尼尔，肯瓦拉岁数最大的居民之一。他买了牛奶，已经付了钱，看到两个警察进来后，他待在收银台旁边没有走开。特里西警官盘问女收银员时，托马斯·奥尼尔凑到奥德怀尔警官跟前。

“我知道你是从别的地方来的。”他说。

“真的吗？”拉里故作惊讶地问道。他亲切地笑着，实际上却想走得远远的。他对老年人心怀恐惧，尤其是那些有美好回忆的老年人。

“我们见过。”托马斯说，“但我想不起在哪里见过。”

“我也想不起来。”拉里说，“人们常常把我认成别人。有人跟我说，我跟我父亲年轻时长得一模一样。”

“你叫什么名字？”

拉里告诉了他。托马斯摇了摇头，说：“一点印象都没有。”

他接着问道，“你是哪里人？”

“我在斯莱戈长大，”拉里说，“但我经常搬来搬去的。”

特里西警官走向门口，拉里跟上了他。

“我会想起来的。”托马斯说。

“我们正在寻找一个失踪的少年。”拉里说着递给托马斯一张照片，“星期六晚上您有没有看到过他？”

“我认识这个小伙子，”托马斯说，“但星期六那天我没见过他。”

“您要是想起什么线索的话，给我们打个电话。”拉里说完就逃也似的跑开了。

这一天过得飞快，对两个警察是如此，对其他所有人来说都是如此。拉里觉得很累，每次执行任务都是这样，到最后双脚疼到无法站立。此刻，他只想回家。

“你怎么看？”他们走出警局的时候，特里西问他。

“什么怎么看？”拉里说。

“这个失踪的少年？我看，他大概在什么地方逍遥吧。”

“是啊，我也这么认为。”拉里说。

“这些小屁孩，什么都不在乎。折腾他们的父母，浪费我们的时间和国家的钱财。”

“你有什么好办法吗？”拉里说。

特里西耸了耸肩：“没有。你今晚有什么安排吗？”

“洗个热水澡，早点睡觉。”拉里说，“我现在归心似箭。”

“拉贝奈那边有场智力竞赛[①]。”特里西说，“我们团队还缺一个人。”

拉里摇了摇头：“别指望我。我常常连自己的名字都想不起来。”

5

“在遥远的过去，”安古斯说，“你们的人可以在两个世界之间自由穿梭。”

吉吉和安古斯坐在路边，安古斯笨拙地拆着烟斗丝的塑料包装纸。

“然后你们那边和我们这边爆发了一场战争。”

“你们这边都有什么人？”吉吉说。

“刚开始那会儿，你们叫我们达努人，达那神族[②]。好多年之后，你们开始叫我们神仙。”

---

① 这里的智力竞赛（table quiz）是指爱尔兰一种常见的社交活动。一般由酒吧免费提供场地，奖品都是公司和个人捐献的。

② 凯尔特神话中，曾有六个种族前后成为爱尔兰岛（神话中又称爱琳岛）上的主人，其中势力最强大的就是佛摩尔巨人族（Fomor）和达那神族（Tuatha De Danaan）。经过长年战斗，达那神族取得胜利，成为爱尔兰岛的主人。

“也就是说，你们是神仙？”

“我们是人，”安古斯说，“不过你们爱怎么叫就怎么叫吧。没有法庭会提出反对意见，你明白吧。”他装成法官的样子，粗声粗气地问，“喂，你！你称呼谁为神仙？”

吉吉被逗乐了。安古斯还在撕扯着那层塑料纸：“真费劲！不过，我们确实会魔法——”

“魔法？”

“只会一点点。但你们在数量上有优势……而且，你们有更强的领导能力。我们经常不清楚自己在做什么。在你们的世界里，我们一无是处。”安古斯终于成功撕开了塑料纸，摸索着里面的铝箔包装，“而且不知怎么搞的，我们只能把有限的人变成猪。”

“猪？”吉吉怀疑自己的耳朵听错了。

“是的，在既定的时间里，”安古斯说，“一次只能变一两个，对你们的军队没什么影响。”

“你骗我。”吉吉口里这么说，心里却想着德瓦尼和他的宝思兰鼓。他将信将疑地问道：“你们不能真的把人变成猪吧？”

“很容易。”安古斯说，“我们可以把人变成任何东西。”他把烟草塞到小小的陶土烟斗里，拿紫色的打火机点着，继续说道，“你们那边流传着这场战争的故事，有些说我们打输了，根本就不对。不过，也有对的地方。不管怎么说，两边和解了。

我们可以回到奇那昂格的老家，条件是我们只能待在这边，永远不再闯进你们的世界。”

“我有点不明白。”吉吉说，“如果到了这边能长生不老，为什么我们的人还会留在那边等待死亡？”

“他们不信任这边的世界。”安古斯一边说，一边吞云吐雾，“他们想要时间，想拥有过去与未来。他们不愿放弃改变世界的能力，不愿失去积累财富和掌握权力的能力。基督教的到来让他们看到了来世的希望，他们并不惧怕死亡。”

“那么，有来世吗？”吉吉说。

安古斯耸了耸肩。

“我不知道。”他说，“我干吗在乎那些呢？”

吉吉的大脑飞速地运转着，一些模糊的东西正在变得清晰。

“那么，”他认真地说，“我们有生命和死亡，你们没有，还有刚才你提到的那些东西，你们也没有，那就是说……就是说……你们是永生的神？”

“完全不是。”安古斯说，“你我皆凡人。我们之间的唯一区别是，你们忘了怎么使用魔法。如果你出生在这里，你就会和我一样。不同的是世界，而不是我们。你们拥有时间，我们没有。”他抬头望了一眼天空，“至少，”他说，“在泄漏开始之前，我们是没有时间的。”

吉吉试图理解这些信息。他不过是一个十来岁的少年，哪怕他聪明绝顶，也不可能很快消化这些汹涌而来的信息。他的头脑处于一片风暴之中。

“你是说，时间从我们的世界泄漏到了你们这边？”

“完全正确。”安古斯说。

“这就是我们时间总是不够用的原因？”

“正解。”

“而你们的时间却太多。”

“太多。”

“我的天哪！”吉吉惊呼道，“我们必须去阻止！漏洞在哪里？”

“这就是问题所在。”安古斯说，“我们不知道。”

6

吉吉一下子有了动力。从地宫出来后那种慵懒闲适的感觉消失了，与之相伴的大脑迟钝也没有了。前面他听到的那些莫名其妙的话语，突然变得清晰起来，就像一片模糊的影子变成了一个清晰的形象。

“我明白了。”吉吉说，“几千年来，我说的是我们那边的几千年来，这两个世界是完全隔绝的。”

“是的，被时间之膜隔开了，”安古斯说，“就是两个世界之间那堵液态墙。”

“现在，”吉吉说，“突然间，有了一个漏洞。”

“两边所有容易发生泄漏的地方，我们都检查过了。”安古斯说，“我们还有人待在你们的世界里长期搜寻，安妮·科尔夫就是其中一位。实际上，并没有太多双向往来的渠道，大部分地宫从这边或那边堵住了。”

“你说的双向往来是什么意思？”吉吉说。

“地宫是为了方便你们过来，不是为了我们。”安古斯说，“我们可以穿过任何地方。”他用拇指指了指背后的炼金材料店，“只要我想，我就能直接穿越到那里，然后从你们那边赛德纳·多宾的药店里出来。当然，没必要这么做，但是我能做到。”

“怎么做？”

“我不知道。”安古斯说，“这对我们来说很自然，跟你呼吸一样自然。你是怎么呼吸的？”

“那么，你会经常穿越吗？”

“正常情况下不会。太阳不动的时候，我们只是偶尔穿越一下，纯粹为了好玩。当然有时候也是不得已而为之。”

吉吉想了想，说：“也就是说，时间之膜是无处不在的？”

“是的，”安古斯说，“无处不在，除了几个必须要关闭的地方。”

“肯定有什么东西弄破了它。”吉吉说。

“看起来是这样，”安古斯说，“但我不知道怎么弄破的。你已经见过时间之膜了吧？在战争期间，你们那边有一群小伙子想摧毁它，我看见他们用刀剑和斧头乱砍。他们还试过在海底钻洞。”

“不过现在海底确实有个洞。”吉吉说，“以前有过泄漏吗？”

“以前我们从来没有‘以前’。”安古斯说，“当然，有一些其他形式的漏洞，但它们是无害的。”

“还有什么样的漏洞？”吉吉问。

“哦，比如说，音乐。音乐响起之处皆是漏洞。”

“时间会跟着音乐一起流过来吗？”

“不会。”安古斯说，“以前不会，以后应该也不会。”

“也许我们应该检查一下。”吉吉说。

“如果你愿意的话，”安古斯说，“温克莱酒吧是个好地方。”

两人站起来，又往街上走去。皮皮刚才一直躺在吉吉身边，看见他们俩起来后，也艰难地站起来跟在后面。

走到街上的广场后，安古斯把他的小提琴盒递给吉吉：“你先拿着这个进去。我再去借一个，回头去找你。”

“我们还是不演奏了吧。”吉吉说，“如何担忧之第二课：不碰音乐。”

“如果不碰音乐，你怎么能检查音乐漏洞呢？”安古斯说。

吉吉被说服了，拿过了小提琴。安古斯穿过瞌睡虫玛姬家门前的大路，皮皮没有跟他走。它选择了和吉吉待在一起，跟着吉吉痛苦地、一步一步地向温克莱酒吧走去。

酒吧里光线昏暗，吉吉在门厅里站了好一会儿，眼睛才适应过来，看清了里面的人。珍妮和马库斯正坐在门和壁炉之间的角落里。德瓦尼也到了，坐在吧台旁边。

“欢迎回来。”德瓦尼对吉吉说。

“坐这边来。”珍妮说，“我们正想演奏一首曲子。”

自吉吉来到奇那昂格以后，这还是第一次进入建筑物的内部。这间酒吧里面比外面还要像生物体。桌子和椅子都是用整条整条的树枝做的，没有什么固定的形状，有的上面还长着叶子。

“你在附近看到它了吗？”德瓦尼问。

“谁？”

“他的山羊。”马库斯说，“没有山羊，德瓦尼就没法打鼓。”

吉吉摇了摇头，坐在凳子上。他惊讶地发现，凳子比看上去重多了，不是一般重，他拉了拉，想靠近桌子一些，结果那凳子纹丝不动。吉吉看了看脚底下，桌子和凳子腿竟然都消失在地板松软的土地里。所有的家具，包括酒吧本身，都一直在生长。

德瓦尼从吧台上的凳子跳下来，走到门口：“我要去找它。”说着就出去了。

“我没弄错的话，”马库斯说，“这小提琴盒是安古斯·奥格的。”

“安古斯·奥格？”吉吉说，“他是安古斯·奥格？”

“还会是谁呢？”珍妮说。

其他人都笑了起来，吧台后面的女侍者也笑了。

“我一直以为安古斯·奥格是神。”吉吉说。

“别让他听见这句话，”马库斯说，“他本来就觉得自己很了不起。”

“他不是神吗？”吉吉问。

“他跟我们差不多。”珍妮说。

“如果你要找的是神，那你来错地方了。”马库斯说。

酒吧女侍者过来，把盛满琥珀色液体的杯子给了珍妮，把盛在黄色瓶子里的某种饮料放到马库斯面前。

“有什么给吉吉喝的吗？”马库斯问。

“吉吉想要什么？”酒吧女侍者反问。

“有可乐吗？”吉吉问她。

女侍者在吧台后面的一排排瓶子里搜寻，终于找到了一瓶可乐。吉吉看着那个老式、笨重的瓶子，猜测着它放在那里有多少个年头了。女侍者把瓶子打开，凉气咝咝冒出来，感觉还不赖，这时吉吉想起来，就在几个小时前，奇那昂格还根本没有时间。

突然有东西像针一样扎着吉吉的心，让他浑身难受。古老的瓶子，新鲜的可乐，似乎有什么不对劲的东西在这里面。这时珍妮笑起来，指着门口，吉吉顺着她的手指看过去，忘记了刚才困扰他的事情。

德瓦尼的山羊站在门口，看着他们。

“它很喜欢音乐，”马库斯说，“但它更喜欢捉弄德瓦尼。”

“我们用不用抓住它？”吉吉说。

“不用，”马库斯说，“我们不想破坏德瓦尼的乐趣。”

女侍者拿着可乐过来了。

“多少钱？”吉吉问，话音刚落就想起他们不用钱。

“乐手免费。”女孩说。

这里除了乐手就没有别人。吉吉不禁开始怀疑，在奇那昂格，像安古斯这样没有赚钱概念的人还有很多。

“黄色的瓶子里是什么？”吉吉问。

“我不知道，”马库斯说，“但它有魔法。你知道那首曲子吗？《黄色的瓶子》？”

“我知道有一首《黄色的合欢树》。”吉吉说。

“就是这一首。”马库斯说，“有时候，乐曲名到了你们那边就搞混了。”

“有时候他们都不知道乐曲的名字，”珍妮说，“所以有很多曲调或者没有名字，或者就干脆用最初演奏者的名字命名了。”

“或者以他们认为的作曲者的名字命名。”马库斯说。

安古斯拿着借来的小提琴走进来。他先拍了拍手，接着合上双手用力搓起来。

“看起来，今天谈话的主题是‘黄瓶子’呀。”他快活地说道。

“等等！”吉吉叫道，“如何担忧之第三课：不碰酒精。”

一缕怒火在安古斯清澈的绿眼睛里燃烧，吉吉吓坏了，紧张地等待着安古斯的反应。正在这时，大街上一阵骚动，吉吉得救了。门外传来愤怒的羊叫声和咆哮声，接着是“咚咚”的击鼓声，再接着德瓦尼带着宝思兰鼓从门口走进来。

这些人发出欢呼声。德瓦尼来到角落里坐下。安古斯打开玛姬的小提琴盒，脸上丝毫没有生气的迹象。

“我们看看怎么找到漏洞。能开始了吗？”他问。

7

那个晚上，温克莱酒吧没有人演奏，格林酒吧和奥尔德·布莱德·肖尔酒吧也没有，肯瓦拉的所有酒吧都没有。吉吉·利迪虽然年少，却是演奏音乐的重要人物。只要他不在，镇上就听不到现场音乐。

星期二晚上，厄尔利队长去拜访安妮·科尔夫。安妮跟他说了吉吉失踪那天的情况，给他看了有破洞的自行车胎，表达了她万分难过的心情，因为她没有坚持载吉吉一程。厄尔利队长安慰她，说她没有做错什么，她不应该责怪自己。

吉吉的父母和邻居，还有当地社区一半左右的人都出动了，他们走到所有的大路上寻找，把海岸线都彻底搜索了一遍。安妮·科尔夫陷入了深深的自责中。把这个少年送上一趟绝望的旅程，实在是大错特错，还是把他带回来吧。

在神仙们美妙动听的音乐中，谁还会担忧呢？擅长担忧的大师吉吉也办不到。旋律一开始流动，他就忘记了时间泄漏的事情，什么音乐泄漏、其他泄漏，统统跑到了九霄云外，他只顾沉浸在音乐的乐趣中。

酒吧渐渐拥挤起来。有的人跳舞，有的人听音乐，有的人观看，还有一些人或朗诵热闹滑稽的作品，或吟唱悲惨凄楚的哀歌，把周围的听众都唱哭了。

本想喝酒的安古斯，在大家的强烈抗议下，整个演奏会期间只喝了水。为了向他表示敬意，乐手们演奏了三遍里尔舞曲《滴酒不沾的人》。要不是安古斯变得烦躁愤怒，威胁把他们变成“夜间出没的、黏滑恶心的东西”，他们可能还要演奏一遍。

吉吉在这次演奏会上学到了不少曲子，他怀疑自己能不能一下子掌握这么多东西。他们演奏的音乐，至少有一半是他从未听过的，他得全神贯注才能抓住这些曲调的精华。听到特别喜欢的曲子时，他就请求安古斯或其他人重新演奏一遍比较复杂的部分。他并不奢望自己能演奏得完美无瑕或马上就能掌握，但是他知道，如果这些乐曲再次出现在演奏会中的话，他能跟上它们的旋律。这些乐曲的名字，他听到的时候就忘记了。

吉吉学到的不止这些。他跟这些人一起演奏了几首曲子后，安古斯发表了一番鼓舞人心的评论，称赞他的演奏像本地人一样精彩。仙乐的节奏和微妙的音调似乎流淌在吉吉的血液里。他从未感到如此自在，小提琴挨在他的下巴上的感觉那么自然，仿佛他从生下来就在练习小提琴。

但吉吉并没有在那个下午感觉到音乐泄漏。安古斯他们向他描述了音乐泄漏发生时的情况，比如有这边没有的乐器的声音，更换曲子间隙里隐约的演奏声，再比如，在泄漏非常密集的时候，两边的音乐家可以在各自的世界里加入对方的乐曲，最终带来一场规模宏大的演奏会。吉吉非常想感受一下，但是音乐泄漏没有发生。无论他多么集中精神，他都听不到一点音乐，既没有听到对应的曲调，也没有听到从时间之膜传过来的其他声音。

“这种情况很少见，”马库斯说，“特别是在这里，这个地方非常容易泄漏。”

“不是非常容易，是最容易。”珍妮说。

安古斯出去散步了，他想问问别的酒吧有没有听到另一边的声音。刚出门就碰到了安妮·科尔夫，她正站在门外跟皮皮说话。

“最近怎么样啊，露茜？”他问。

安妮笑了。

“实话跟你讲，”她说，“不算很好。”

“听你这么说，我很高兴。”安古斯说，“进来喝一杯吗？”

“不了，我只想在门口瞧瞧。我在找人。”

“哦？是我认识的人吗？”

“是我们那边的一个小伙子，吉吉·利迪。我干了一件蠢事。他想买点时间，我就把他送到了这边，希望他能找到点什么。现在他的父母都快急疯了，上天入地，到处找他。”

“可怜的人哪。”安古斯说，“你运气还不错，他没有走远。”

“没有走远？你见过他吗？”

“见过。”安古斯说，“他想给我十欧元买我们的时间。我告诉他，如果他能找到时间漏洞，他就可以免费拿到时间，然后他就去找漏洞了。”

“他走的是哪条路？”

安古斯指了指通向戈尔韦的路，这条路穿过城堡旁边的镇子。“他离开我之后，就朝砾石路那边走过去了。”

“那我先去那里找找。”安妮说，“谢谢你，安古斯。”

“不客气。”安古斯看见安妮消失在镇里的大道上，才往街上走去。

吉吉感觉他们演奏了几个小时，但是他的手表坏了，在那里瞎走一通，他不知道到底几点了。酒吧里总是有人进进出出，从门口看去，外边一直阳光灿烂。他不停提醒自己，有足够的时间。

在演奏会期间，安古斯来来回回有两三次。吉吉怀疑他跑到基奥酒吧或塔利酒吧，偷偷喝烈酒去了。不过他的脸色倒不像是喝了烈酒的样子，而且他的演奏完全没有因为中途离开而受到影响，吉吉觉得大开眼界，又学到了新东西。

终于，安古斯把借来的小提琴放回盒子里，宣布演奏会结束。吉吉也把小提琴放回去。

“你先把饮料喝完。”安古斯说，“我把小提琴还给玛姬后回来找你。然后咱们再考虑下一步做什么。”

8

吉吉倚着墙根坐在皮皮旁边的小道上。他发现皮皮伤腿旁边的地上有一小摊血。皮皮挪动过来一点，把头放在他的膝盖上。吉吉听不到它的声音，但能感觉到它的烦躁，它试图寻求某种安慰。吉吉看见它不停地打着冷战，浑身发抖。他挠了挠它的耳朵，尽量不去看它吓人的伤口。

温暖的白昼让吉吉昏昏欲睡，他沉迷于这种感觉，闭上了沉重的眼皮。太阳的光芒在他脑海中投下一片红彤彤的景象。

有什么不对劲的地方。

他又睁开了眼睛。在酒吧漫长的演奏会过程中，太阳几乎没有移动。他下意识看看手表，六点十分。他把手表举到耳朵跟边。嘀嗒……沉默……嘀嗒。

他终于意识到，他的表没什么问题。他到奇那昂格的时候，这里才刚刚开始有时间。手表还没有适应新环境，还不能打破这亘古绵长的静止。吉吉不能完全搞清楚这里的情况，但他的思路正在变得清晰，就像一股不断积聚的能量，达到某个点后就会喷薄而出。最有可能的情况是，奇那昂格只接收到了少量的时间泄漏，但即使是这种缓慢的泄漏，也远非他们那个世界所能负担的。

这可能意味着，他还能赶回去参加凯利舞会。赶得上吗？不安的感觉回来了。这一切正常吗？家里只有六点十分？或者家里的时间更快？一些凌乱的碎片似乎要在他的大脑中拼凑起来，有些东西呼之欲出。吉吉正在思考，但突然出现的山羊转移了他的注意力。山羊从门里冲出来，一脸不屑地看了吉吉一眼，又向大街上跑去。

皮皮叹了口气，转过身来舔舐伤口。吉吉望着远方。玛姬拿着小提琴盒从家里出来，向吉吉招招手，朝码头走去。山羊上下打量着街道，回过头来跟着玛姬走了。镇上很多人都往码头方向走去，吉吉怀疑他们又要开始跳舞。吉吉看到有一两个人边走边看了看天空，除此之外，没发现镇上人有什么焦虑的迹象。他们怎么还想跳舞？为什么不去寻找漏洞？也许，就像安古斯和其他乐手说的那样，事情还没有糟糕到需要担忧的地步；也许他们意识不到，对于另一边来说，形势有多么严峻；还是说，他们压根就不在乎？

他的脑海中出现了一幅让人绝望的画面：地球像网球一样快速旋转，它的居民在疯狂奔跑，拼命把自己的生命塞入不断缩小的时间周期里。问题在于，这些人怎么知道从哪里下手呢？如果你站到了漏洞上面，你能知道吗？你看不见，听不到，闻不着。

德瓦尼和其他人踱出酒吧。

“到码头去吗？”珍妮问。

“你们不觉得应该去寻找漏洞吗？”吉吉问她。

他们都仰望天空，然后看着对方，然后又看着吉吉。

“啊，安古斯来了。”马库斯说，好像松了好大一口气。

安古斯从街头拐角处走过来，其他人随意跟他打了个招呼，就跑去跳舞了。

“你真的不想跟他们跳舞吗？”安古斯说。

“关于担忧之第四课，”吉吉板着脸说，“不能跳舞。”

安古斯闭上眼睛，吉吉怀疑他又在掩饰自己的愤怒。不过念头闪动之间，安古斯已经睁开了眼睛，神情跟原来一样愉快。“那么，你有什么计划吗？”他问。

“没有。”吉吉说，“我希望你有。”

“我也没有。”安古斯说，他想了一会儿说道，“你在农场长大，是不是？”

“可以这么说吧。”吉吉答道。

“那你是不是经常去山野和田地里玩？”

“是啊，怎么了？”

“是这样，嗯，那你从来没碰到过泄漏吗？”

“好像没有，”吉吉说，“反正没有听到过音乐。”

“别的呢？”安古斯问，“有没有看见过什么不该出现的东西或听到过奇怪的说话声？”

“没有。”吉吉想了想答道。安古斯拿出了烟斗丝准备抽两口，吉吉一下子想起来了，他在农场上面的榛树林寻找失踪的山羊时，碰到过一件离奇的事情。

“不过，有一次我闻到了烟的味道。烟草的味道。当时并没有人在那里。”

“这就是我们要找的东西。”安古斯说，“你在哪里闻到的？”

吉吉告诉了他。

“那么，这就是我们要去的地方。”安古斯说。

要走很远的路才能到达老鹰岩。在他们那边的世界里，吉吉就是在老鹰岩底下的榛树林闻到了烟味。吉吉对这段旅程忧心忡忡，尤其是在带着皮皮的情况下。安古斯想尽办法阻止这只大狗，但它还是铁了心跟他们一起走。不过，当他们踏上旅程，穿过高山下面的平原时，吉吉就把担忧抛在了脑后：温暖明媚的阳光，未经破坏的郁郁葱葱的田野，这些让吉吉头一回感到，他自己的世界是多么单调无聊！可惜一路都有袜子，要不这里的环境堪称完美。镇上的袜子不算很多，从多鲁斯那边过来的路上有很多，这条路上似乎就更多了。他想问安古斯这是为什么，但眼下还有更重要的事情要问。

“我仍然不太理解长生不老的事情。”他说，“如果你一直活着，那你肯定就是长生不老。”

“不是。”安古斯说，“假设我们现在在你们的世界里，如果有一辆公共汽车迎面过来，开得很快，我要是正好站在那个拐角的地方，一下子就被撞死了，跟你没两样。”他打了个冷战，接着说道，“我讨厌公共汽车。”

“我也讨厌。”吉吉说，“特别是这些天，公共汽车总是迟到。”

“一点也不奇怪。”安古斯说，“关于人们对长生不老的误解，我能找到一个很好的解释。过去我们频繁地穿越到你们那边。”他挥舞着双臂说道，“后来就少了，反正现在我们不怎么穿越了。但是曾经有一段时间，你们的历史上有记载，我们来去自由，经常穿越。然后就有这样的情况：你在那边遇到了一些人，然后你回到这边家里，然后你再穿越过去，碰到了这些人，他们已经变老了。我们这边一眨眼的工夫，你们那边已经过去了三四十年，所以你们会觉得我们长生不老。”

安古斯的这番话让吉吉再次感到不安，但是他太好奇了，来不及深究，只想了解更多。

“我还以为，你们不能去那边，”他说，“根据两边达成的协议。”

“我们欺骗了他们。”安古斯说，“我们必须这么做。”

“为什么？”

“为了我们的孩子。如果我们想要繁衍后代，你知道大多数人想要孩子，我们只能去你们的世界。”安古斯的烟斗快熄灭了，他停下来吸了几口，才接着说道，“我们热爱这个世界。凡是看到它的人都会热爱它，但它有自己的缺点。如果你到了我这个年龄，确实可以享受永恒时间的完美生活，但如果你想长大的话，永恒时间就是个悲剧了。”

“我明白你的意思。”吉吉说，“时间不会向前流动，你们也就不会长大。”

“完全正确。”安古斯说，“怀孕和生产都需要时间，最重要的是，婴儿长大也需要时间。”

“所以你们有了孩子后，必须穿越到那边生活？”

“也不一定。”安古斯说，“技术上讲，应该这么操作。但谁想无缘无故老个十几二十岁呢？”

“那么你们怎么做呢？”吉吉问。

“你听说过换孩子的事情吗？”

吉吉点了点头。“换孩子”这个词让他毛骨悚然。

“你听说什么了？”安古斯问。

“我听说，神仙把别人的孩子带走，把自己的留在那里。”

“你觉得这是真的吗？”安古斯问。

“当然不是真的。”吉吉说。他上小学的时候，和同学们做过一个大课题，从镇子里和周围农场的老人那里搜集民间传说。他们搜集了几十个故事，有几个说的就是换孩子的事情。他一直觉得这类故事是人们凭空想出来的，根本不可能是真的，“神仙”这个词也是人们杜撰的。

“呵，是真的。”安古斯说，“当然，现在不是那么容易办到了，因为有医院出生证明、防盗报警器和婴儿监视器这些讨厌的东西。但我们仍然有得手的时候。”

“两边的孩子长得不一样吧？”吉吉说，“故事里说，换过来的孩子都是些丑陋的小东西。”

“人们都觉得自己的孩子漂亮，别人的孩子难看。”安古斯说，“但是当这种事情发生在自己身上的时候，他们有什么办法？就算他们到处宣扬，会有人相信他们吗？他们做什么都没用。长得丑也是个孩子，总比没有强，他们只能接受事实。”

在问下一个问题之前，吉吉犹豫了好久，他害怕听到不想听的答案。

“你们会对换来的婴儿做什么？”

“很简单。”安古斯说，“我们把他们放在篮子里，带到几个郡以外的地方，放到人家门前的台阶上。”

“可是这样很不合理。”吉吉说，“你们为什么不省事一点，直接把自己的孩子放到别人家门口？”

“我们很挑剔，这就是原因。我们精心挑选孩子的养父母，不想把孩子随随便便给人，你知道吧。”

“但你们不在乎别人的孩子。”吉吉说。

“同情和担忧这类情绪差不多，”安古斯说，“是我们用不着的东西，我们也没有太多练习的机会。”

但他似乎很关心皮皮，每走几百米，他就停下来，好让皮皮跟上来。说话的工夫，他又停下来了。在等待的时间里，他检查了身边灌木上挂着的一只深绿色袜子。“这只袜子是好的。”说着就拿下来穿上，和原来脚上穿的袜子做比较。吉吉不由得注意到，他穿的袜子不仅不成对，而且连颜色都不一样。

“你觉得怎么样？”安古斯问。

“它们都不是一对的。”吉吉说，“这些袜子有什么故事吗？”

“这个呀，”安古斯脱下脚上的袜子放回去，捡起了另一只，“这是另一种漏洞。袜子漏洞。”

吉吉哈哈大笑起来，不相信地问道：“袜子漏洞？”

“你以为是什么？”安古斯烦躁地说道，“我们穿过去偷了你们的袜子，再把这些袜子丢得到处都是？”

“哦，我不是那个意思。”吉吉说，“但是——”

“是洗衣机引起的，”安古斯说，“或者是烘干机。没人知道为什么。”

吉吉想起了他家柜子里的枕头套，里面塞满了孤零零不成对的袜子，有的一待好多年，苦苦等待与自己失散的伴侣团聚。有一次海伦想把它们全部扔掉，但是塞伦阻止了她。他说，这只扔掉了，另外一只马上就会出现。他称之为“草皮规则”，割掉旧的，就会长出新的。

“你们为什么不管这些袜子？”吉吉说。

“谁会想着捡它们？”安古斯说，“也就是想换袜子的时候吧！”他边说边换了一只袜子，好像要证明给吉吉看看。安古斯一边换一边在那里跳着脚。“再说，”他继续说道，“这些袜子是很有用的标记。”

“什么标记？”吉吉说。

“你们那边的新房子太多了，我们记不过来。这样穿越过去就有风险，说不定就到了人家的厨房里，或者更尴尬的地方。但是袜子能告诉我们新房子在哪里，所以我们其实不介意这些袜子。”

皮皮赶上来，一屁股坐在路上，安古斯和吉吉继续往前走，它只好又站起来。不久，他们来到莫伊公路与纽莱道交叉的地方，安古斯停下来，环顾四周，凝神细听。

“你在找什么？”吉吉问他。

“没什么，”安古斯说，“只是检查一下，十字路口也是容易发生泄漏的地方。你永远不知道你会发现什么。”

“这就是过去我们在十字路口跳舞的原因吗？”吉吉说。

“是的。”安古斯说，“你终于有点开窍了。”

吉吉在前面带路，穿过纽莱道，走到山路上，这条路通往科尔曼教堂和老鹰岩。吉吉家就在附近，再往右边过去一点就到了。莫伊公路和纽莱道交叉后，一路向前，几乎贯穿整个爱尔兰。从他们现在所在的地方，可以很方便地走到那条公路上，也不会花很长时间。吉吉很想沿着这条公路看看爱尔兰在这个世界里的模样。他跟安古斯说了他的想法，安古斯摇了摇头。

“我们回来的时候可以走那条路。”他说，“现在我不想浪费时间。”

“好吧，你有进步了，”吉吉说，“都可以给我教教如何担忧了。”

他们前面是一片茂密的榛树林，里面传出嗒嗒嗒的声音，好像有很多啄木鸟。

“我们那边没有这么多啄木鸟。”吉吉说。

“这么多什么？”安古斯问。

“啄木鸟。”吉吉答道。

“这里有啄木鸟吗？”安古斯又问。

“你听不到吗？”吉吉反问道。

“我听到的可不是啄木鸟的声音。”安古斯一边回答，一边从肩上拿下提琴盒交给吉吉，“你能在这里等一会儿吗？我必须处理点事情。”

“什么样的事情？”吉吉说。

“普通事务而已。”安古斯不想细说，用眼神警告吉吉不要追问了，“就待在这条路上，听到了吗？做什么都行，就是别去树林里。”

“为什么？”

“矮妖。”安古斯说，“那里面全是小矮妖。”

“小矮妖？”吉吉疑惑地问道，原来他听到的不是啄木鸟的声音，“他们会对我做什么？”

“咳，我不知道。”安古斯不耐烦地说，“把你做成鞋子或别的什么东西。就在这条路上走，好吗？你看到大门上的鸽子后，就停下来等我。”

“你怎么知道大门上会有鸽子？”吉吉问道。

“因为……”安古斯犹豫了一下，然后回答，“问得好。现在一切都不同了，对吧？那就在橡树那里等我。橡树总不会到处乱跑吧。”

话音刚落，安古斯就消失在树林里。吉吉很想跟上去，看看那些小矮妖是怎么回事，但是他一琢磨，万一里面有危险呢，那些响亮的锤击声，听上去像是小机枪在四处扫射。要是被困在这里，就没机会去找时间漏洞了，最好还是先保证自己的安全，继续向前走吧。

吉吉走得很慢，好让皮皮跟上来，这家伙一步一挪，把爬山当成了天底下最难的事。如果真像安古斯所说，换孩子是真的，那很多事情都能说通了。这是不是意味着其他那些古老的故事也是真的？晚上神仙会在圆形古堡里跳舞吗？有人听到了泄漏过来的声音，睡一觉醒来后发现七年过去了，这是真的吗？安古斯和他的同伴们会惩罚那些给他们带来麻烦的人吗？比如那些从古堡拿走石头的人，那些把房子建在他们来往路上的人，还有那些没有把牛奶放在他们方便拿到的地方的人。

牛奶？吉吉想象不出来安古斯会因为一杯牛奶而发怒。吉吉低头看了看挣扎着跟在后面的皮皮。如果皮皮确实是安古斯口中所说的古代的狗，那是不是意味着芬恩也在这里？留着大胡子的芬尼亚勇士会佩带大刀穿行在灰色的山间吗？吉吉小学时就读过这些古老的传说，但里面的人物他差不多忘光了，只记得他最喜欢的戴莫德和格拉妮娅[①]。当年这对恋人走遍天

① 在凯尔特神话中，芬尼亚勇士团的领袖芬恩看上了爱尔兰的公主格拉妮娅。但当他来娶亲的时候，格拉妮娅爱上了芬恩手下的勇士戴莫德，并与他私奔。为了躲避芬恩的追捕，他们走遍了爱尔兰，传说最后他们到了长生不老的海外仙山里生活。

涯海角，躲避芬恩的追捕，爱尔兰现在还有很多景点，据说都是他们躲过的地方。他们会不会也躲在这边的某个角落里，远离芬恩的怒火，过着长生不老的生活？

10

失踪少年案陷入停滞。警方开展了大量调查搜寻工作，但都一无所获。更令当地人不安的是，安妮·科尔夫似乎也消失了。警方调查此事后，认为这两起事件没有任何关联。安妮·科尔夫家的门是从外面锁上的，家中没有受到破坏，她把小狗也带走了。而且，她跟吉吉·利迪的情况不同，她是成年人，如果她去了什么地方而没有跟朋友讲，肯定有她自己的考虑。没有证据表明有犯罪行为，也没有理由去调查。

小镇居民们持有不同意见。他们从早到晚锁着门，很少有人在夜间独自外出。酒吧一片安静，到点就关门。少年人也没那么活跃了，他们不敢在街道上闲荡，也不再偷偷跑到小学后面喝苹果烈酒。镇上的警察没事可干，但必须有个人在那里盯着，这份差事派到了新来的家伙头上。

拉里·奥德怀尔在肯瓦拉的大街上来来回回走着，他走得很慢，尽量装出一副很有派头的样子。碰到他的人都会停下来打听最新进展，热心地对失踪案件提出自己的建议。拉里基本上可以确定，这也不是他成为警察的原因。尽管心里有点烦，但他还是成功保持了应有的礼貌和尊重。只有一个人磨光了他的耐心，这个人就是托马斯·奥尼尔。

托马斯先问了拉里一些常见的问题，然后就向他解释一种大家普遍接受的观点。他说话的时候，用亲密过头的眼光盯着拉里，一副跟拉里很熟悉的样子。

拉里称赞托马斯的观点很有见地，还请托马斯放心，他和他的同事们会考虑他的建议的。这时，托马斯说："我认识你，现在我想起来了。"

拉里希望他想不起来。像托马斯这样岁数和地位的人，他实在不想招惹，这些人只会带来麻烦。他一眼瞥见了站在马路对面的菲尔·戴利，赶紧找了个借口，走过去跟菲尔讲话。

菲尔问了几个常规问题，然后转到他自己关心的事情上。"上个星期我一直在找你。"他说，"我想邀请你参加一个舞会，凯利舞会。"

"哦。"拉里说，"你要是找到我就好了。"

"是啊。"菲尔难过地说，"舞会很棒，但那是利迪家办的舞会。我看他们家不会再办舞会了，反正这些天是不会办了。"

"世事难料。"拉里说，"我想说，这孩子说不定哪天就蹦出来了。"

虽然没有什么事情可做，但剩下的半天还是飞快地过去了。只有一件事值得一提，社区中心那边安静的大街上，突然出现了一头白毛驴。没有人知道它的主人是谁，也没有人知道它打哪里来。这地方养毛驴的人很少。

这种事情其实不归警察管，但拉里反正也没啥可忙的，就跟着大家过来，商议怎么处理这个事情。白毛驴性格温驯，学校的孩童很喜欢它，但是它干扰了交通。拉里给厄尔利队长打无线电话请示意见，结果被队长训了一顿。可怜的新警察茫然无措，不知道该怎么办才好。他站在法隆家门前，两手搂住毛驴的脖子。幸好消息传开了，当地一位养马人赶过来，同意在有人认领之前，帮忙照看这头毛驴。

11

竟然真的有一只鸽子在大门上。吉吉看到以后停下来，等着安古斯回来。他拿出小提琴，用琴弓拨动着琴弦，看看能不能有点灵感。他脑袋里仍然想着买时间的事。如果他能记起《多德第九舞曲》，也许时间问题就会奇迹般自行解决。但是他想不起来，于是他开始努力回忆那天晚上在温克莱和安古斯他们一起演奏过的乐曲。他把能想到的都拉了一遍，等最后什么也想不起来时，他拉起了《大门上的鸽子》。

“你这个《大门上的鸽子》拉得不对。”安古斯突然从榛树林里冒出来。

吉吉看着那只鸽子。安古斯拿过小提琴，演奏了一首旋律有点相似的曲子。弓弦的位置是相同的，开始的几个音符也是相同的，但它的旋律更醇美、更难忘。吉吉以前没有听过，但他想到了另一个版本。他把小提琴拿了回来，向安古斯问道：“那只鸽子去哪里了？”一边问一边架好了小提琴。

安古斯耸了耸肩：“可能在任何地方。”

吉吉拉起了《树丛中的小鸟》，安古斯笑了，跟着音乐跳了几个欢快的舞步。吉吉拉得正起劲的时候，安古斯把小提琴要了过来，放在盒子里收好。

“你是一个差劲的老师，”他说，“一个懒散的笨丁！”

“一个什么？”

“一个笨丁。”安古斯说，“你们给我们起了名字，我们就不能给你们起一个吗？”

“但是……笨丁？”

“比仙族还难听吗？”安古斯说完又把小提琴挂在肩膀上，朝大路走去。吉吉觉得他有点怪怪的。过了好一会儿，吉吉才意识到怪在哪里。

“你换了衬衫。”吉吉说。

安古斯低头看了看身上，仿佛不知道自己穿的是什么衣服。

“哦，是的。”他说，“我没有跟你说吗？”

“说什么？”

“矮妖洗衣房。这就是我请他们做的事情，他们洗衣服。”

吉吉觉得不太可能，但他能说什么呢？

“他们给你洗衬衫。”吉吉说，“你用金子付账吗？”

“嗯，是的。”安古斯说，“他们希望这样。”

疯狂的锤击声渐渐被他们抛在身后，越来越远，直至消失。他们再次停下来等待皮皮，吉吉的思绪又回到了换孩子的事情上。

“你们会回去找他们吗？”他问安古斯，“找你们的孩子？”

“不，不会。”安古斯说，“我们回头就忘了。他们长大以后，会自己回来。”

“什么，你是说他们自己就能回来？”

“是的。他们回到这边的时候，一般就是你这么大，或者差个一两岁吧。”

“但他们怎么知道的呢？”吉吉说，“他们怎么知道……”他犹豫了一下，反正安古斯都叫他笨丁了，他们之间已经没有什么禁忌了，他可以随便问了，“他们怎么知道自己是神仙的后代？”

两人来到了山路的最高点，安古斯拐入一个树篱口。跟吉吉所在的世界一样，这里有一条路，从榛树林通向老鹰岩脚下。

“我说，你知道布谷鸟吧？”安古斯问。

“一点点。”吉吉说，“我知道它们把蛋放在其他鸟的窝里。”

“没错。”安古斯说，“把蛋放好之后，它们就直接飞回非洲老家。小鸟在爱尔兰孵化、长大、学习，掌握了本领后，就飞到了非洲。”

“真的吗？”吉吉问，“但它们知道怎么去非洲吗？”

“同理，我们的孩子知道如何回到这里。”安古斯说。

“这一定是某种本能。”吉吉说。

“可能是吧。”安古斯说，“虽然我怀疑‘本能’这个词只是你们那边科学家的托词，只要是他们不理解的动物行为，他们都会说那是本能。你知道布谷鸟起源于哪里吗？”

“不知道。”吉吉说，虽然他已经想起来，民间传说中将其称为“仙鸟”。

安古斯停了一下，把皮皮抱起来。他们正走过一片崎岖不平的地方，皮皮被挡住了。

“同样的道理，你明白吗？”他说，“它们把鸟蛋产在笨丁国就回家了。小雏鸟借用你们的时间来长大，然后跟着父母回到这里。”

“那它们现在怎么不回这边了呢？”吉吉问。

“因为飞机。”安古斯边说边把皮皮轻轻放下来，让它的三条腿安稳着地。

“和飞机有什么关系？”吉吉问。

安古斯抬头看着天空问道：“你看见了吗？”

吉吉望了望广阔的天空：“没有。”

“什么都没有，这就是原因。原来我们有天门，后来你们的人学会了飞行，我们只好把天门关上了，要不然太危险了。”

“有天门吗？”

“到处都有。”安古斯说，“为了让布谷鸟回来。但天门无法承载笨丁的飞机，我们不能让飞机降落在头顶上，对吗？再说，飞机很可怕，噪声巨大，气味也难闻。我们虽然很难过，可是也没有办法，只好跟布谷鸟说再见。”

安古斯在布满石头的路上走着。这条路穿过一片多石的草甸。在吉吉的世界里，这里寒风凛冽，一片荒凉，但这里很平静，到处长着三叶草和老鹳草，看不到一只袜子。

“你们是怎么做到的？”吉吉问，“怎么关闭天空的大门？”

“我不知道。”安古斯说，“我老爸管这些事情。你们建造潜艇以后，他把海门也关了，现在人鱼都困在了这边。”

“如果有地方开了怎么办？”吉吉说，“我的意思是，不小心打开了。时间会不会从那些开着的地方传过来？”

“不会。”安古斯说，“天门和海门也有时间之膜。原来确实有一个口子，我爸爸忘了关，结果不少飞机穿过来，他发现后赶紧关上了。笨丁把那个地方叫百慕大神秘三角。”

“但百慕大离这里有十万八千里。”吉吉说，“飞机怎么可能通过那里进入奇那昂格？”

“我们的世界和你们的世界一样大，吉吉。同样的海洋，同样的大陆。除了时间，其他都一样。”

吉吉坐在一块石头上。

“太不可思议了。”他说，“这意味着泄漏可能出现在任何地方，整个世界的任何地方！”

没有人回答。吉吉把脸转到安古斯站着的地方。皮皮躺在草地上，舔着它的伤腿，但是安古斯不见了。

12

“安古斯？”他叫道。

“怎么啦？”安古斯就站在他身后，就是吉吉扭头看的地方。但是吉吉可以肯定，刚才安古斯真的不在那里。

“刚才你明明没在那里。”吉吉说，“我的眼睛在欺骗我。”

“真奇怪！”安古斯说，“你永远不知道笨丁的脑瓜里在想些什么。”

安古斯穿过山腰向前走去，吉吉跟在后面。老鹰岩已经矗立在他们前面，这是一座陡峭的悬崖，崖底是茂密的树丛。山里没有一丝风，沉默显得分外悠长，突然，一声快活的高喊响彻山崖。皮皮浑身毛发竖立，站起来大声咆哮。这是吉吉第一次听到它发出声音。

“那是什么？”他问安古斯。

“反正不是矮妖。”安古斯说，“他们的声音没这么高。”

他们继续前行。皮皮仍然毛发竖立，保持着高度紧张的状态，但石头后面没有传出更多声音。树林的边缘有一条小路，通向科尔曼的洞穴，安古斯回头看着吉吉。

“你在哪里闻到的烟味？”

对自己世界里的这片树林，吉吉非常熟悉。有一段时间，他经常去那里转悠，呼吸清新凉爽的空气，享受人迹罕至的神秘感。但是在这边的树林里，他只有毛骨悚然的感觉，他都犹豫要不要进去了。

“差不多就在树林的正当中吧，”吉吉说，“不过也可能我什么都没有闻到，现在我想起来了，好像是我想象中的气味。”

“笨丁们都是这么形容泄漏的。”安古斯说，“走吧。”

安古斯在树林间带路。阳光斜穿过树枝，照到苔藓层上，形成一片片斑驳的影子。皮皮仍然很紧张，安古斯表现出一副漫不经心的样子，但吉吉能感觉到，他也很紧张。他们经过一片矮小的黑刺李树丛，一小群鹪鹩“叽叽”叫着飞向他们，吉吉瞬间觉得林子里都是嘀嗒作响的小闹钟。再然后，树林里就听不到任何声音了，只有他们自己小心翼翼的脚步声。

“在这里吗？”过了一会儿，安古斯问道。

“我觉得还要远一点。”吉吉低声说，“不好说。”

又过了大约一百米，他拉了一下安古斯的胳膊：“我觉得大概就在这一块。”

“好的。”安古斯停下来，四处查看，“我得穿过去，花点时间找找。”

“穿过去？”吉吉觉得有点奇怪。

“不会离开太久的。不进去就没法检查那堵墙。”他把小提琴递给吉吉，“你跟皮皮在一起会很安全的。”

“好的。”吉吉说。

“不要和山羊说话，知道吗？”

“山羊？”吉吉还没反应过来，安古斯就走了，他轻轻地滑到笔直的榛树之间，然后……到哪儿去了呢？

吉吉希望皮皮能放松一点。皮皮又像原来那样躺下来，但它并没有休息。它的耳朵立得尖尖的，眼睛紧紧盯着悬崖那边，好像在等什么东西蹦出来。吉吉坐在长满青苔的石头上。天气晴朗干燥，但那块石头很潮湿。吉吉忍着屁股底下又凉又湿的感觉，坐在那里一动不动。他觉得树林里充满恐怖诡异的气息，直觉告诉他，有什么东西正在监视着他。

吉吉把小提琴盒放在地上，但他不想打开，那样太暴露自己了。他的牛仔裤被苔藓浸湿了，但他仍然坐着不动。

“皮皮，好姑娘。”他故作平静地说，想要掩盖这可怕的寂静。皮皮警觉地咆哮起来，胸部深处不断发出呜呜的声音，吉吉吓得起了一身鸡皮疙瘩。皮皮紧盯着树林，有东西在那里。

吉吉屏住了呼吸。“只是一头山羊，皮皮。”他试图安慰皮皮。他常常在那边的山腰上看到野山羊。对农民来说，野山羊是个大麻烦，但吉吉觉得还好，虽说不喜欢，却也不讨厌。这些野山羊随心所欲，到处乱跑，经常踏坏人们的墙壁和篱笆，或踩坏精心保护的草地。海伦和塞伦养的好几头高产奶羊都被野山羊群拐跑了。吉吉每次看到野山羊，就会想起那几头丢失的奶羊。它们远离农舍的舒适生活，跟这些野蛮的流浪汉混在一起，不知过得怎么样。

这边的野山羊跟那边的一样吗？反正眼前的这头和他以前见过的完全不同。那边的野山羊通常生活在人们看不到的地方，吉吉偶尔会撞到一群，但它们会以最快的速度跑开。眼前这头山羊不仅没有跑开，还大摇大摆地向他走过来，吉吉从没见过体形这么大的山羊。

皮皮的反应并不能让吉吉觉得安心，它显然被这头山羊吓坏了，一会儿试图用歇斯底里的咆哮声保护吉吉，一会儿又躲在吉吉身后寻求保护。巨型山羊对皮皮视若无睹，继续向前走着。

吉吉站起身来，山羊停在大约二十米远的地方。它的表情很快活，甚至有点滑稽可笑，似乎要表演什么好玩的东西，吉吉暗自祈祷它不要把自己作为表演的道具。吉吉见过很多羊角，比一般人见过的都多，但眼前这么大的一对羊角，他还是第一次见到。那对羊角又厚又长，足有吉吉的胳膊那么粗，一看就是恐怖骇人的武器。

吉吉心想，要是躲在一块大石头或一根粗树干后面就好了，可能更安全一些，但现在他不能动，也不能往四周看，如果他有逃跑的机会，他都不知道往哪边跑比较好。山羊的黄眼睛正盯着他，窄小垂直的瞳孔似乎在施展着某种催眠术，他被迷住了。那双瞳孔传递着蛊惑人心的、危险的信息：一半是欢乐，一半是灾难。皮皮放弃了自己的骄傲，举爪投降，乖乖躲在吉吉身后。

“我认识你。”一个富有磁性、低沉的声音说道，吉吉不知道这声音是来自他周围的空气，还是来自他的内心，“我以前在这儿见过你。”

吉吉正要回答，突然想起了安古斯的嘱咐——“不要和山羊说话”。

“也许不在这边。”山羊说，“在另一边，是吗？”

吉吉还是没有说话。山羊的表情没有变化，但它的声音里带着笑意：“我明白了，安古斯·奥格已经用胡言乱语给你洗脑了。好，好，这就是仙界的伎俩。”

仙界是古语里的说法，吉吉几乎忘了这个词。在他们那边，仙界有不同的含义，可以指神仙住的地方，也可以指神仙。

“狡猾的种族。”山羊用虚无缥缈的声音说道，“不能信任。他编造了一堆谎言，说什么时间在泄漏，对不对？”

吉吉压制住自己想要回答的冲动，保持着沉默。这头山羊很吓人，但似乎并不想伤害他。

“他滑到那边去了，是吗？”那声音继续说道，“我敢打赌，他又去勾引年轻姑娘了。永远是个小伙子，你们的安古斯·奥格。放荡不羁的爱尔兰人，小提琴演奏高手，魅力无穷，还会用魔法迷惑人。”

吉吉感到昏昏欲睡。他想为安古斯辩护，不想听到这些恶意中伤的话语，但那个声音里有一种低沉柔和的音调，吸引他听下去。

“累了吗？”山羊温柔地问道，“这里很暖和，不是吗？”

吉吉的思绪开始游离。绿色的苔藓，氤氲的气息，斑驳的阴影，温暖的阳光，柔和的声音——梦境中才有的享受。他合上了沉重的眼皮。梦的声音和气味越来越浓，越来越重。突然有什么东西走过来，挡住了阳光，吉吉的眼睛和皮肤感觉到了阴影。

他挣扎着睁开了眼睛，站在他面前的不是山羊。这东西有羊角和羊蹄，但它用双腿巍然站立，差不多和周围的树木一样高。它正向吉吉俯下身来。

“安古斯！”吉吉用尽力气大喊。皮皮也找回了一点勇气，跑到吉吉身边，朝着这头怪物又咬又叫。怪物缩回去，又变成了一只山羊，站在它刚才站着的地方，气定神闲地看着他们。

“你知道我是什么吗？”迷人的声音又开始说话了。

吉吉忍不住要回答，但在开口之前及时停住了。他摇了摇脑袋，连身体都跟着一起摇。

“你知道我们是谁吗？行走在两个世界之间，出没于地球的蛮荒之地。”

吉吉觉得他的能量又在流失，这声音正在抽走他的力气。

“你想知道这个世界里真正有用的魔法吗？”

吉吉用双手捂住眼睛和耳朵，在阴暗的树林里哼起了母亲不久前教给他的曲子。

有什么东西抓住了他的手腕。他咬紧牙关，拼命抵抗，什么都不看，什么都不听。

“吉吉！”他听到有人在耳边叫着他的名字，这才小心翼翼地从手指间看过去，是安古斯。

13

安妮·科尔夫走回了镇子，洛蒂跟在她后面。她在砾石路和附近找了一圈，没有看到吉吉·利迪，安妮不禁怀疑，吉吉根本就没有去那里。她十分懊恼，早就知道不能相信鬼话连篇的安古斯·奥格。这家伙原来就骗过她，经常让她狼狈不堪。安妮想起有一回，安古斯说要满足她的航海热情，主动把他那艘漂亮的小船借给安妮，让安妮在萨拉曼卡的海湾里随便玩。他招来一阵惬意的海上微风，安妮驾着船飞速滑过了海湾口的昂格尼斯，但就在准备回程的时候，安古斯把风撤走，还给水面上抛下一朵巨大的云。

仙族的船没有发动机。这事发生在奇那昂格开始有时间之前，但即便如此，安妮·科尔夫也觉得自己在那片海湾里待得太久，安古斯弄来的大云让她焦头烂额、筋疲力尽。

镇子上的人们在跳舞。在两支舞蹈变换的间隙，安妮抓住瞌睡虫玛姬，问她有没有看到吉吉。玛姬不知道这会儿吉吉在哪儿，但她十分肯定地说，安妮在温克莱偶遇安古斯的那会儿，吉吉就在里面。安妮带着洛蒂站在码头的围墙上望着大海，虽然着急，却也无可奈何。现在冒冒失失出去寻找，不会有什么结果，安古斯和吉吉能去的地方太多了。安妮很清楚，在永恒之地逗留太久会给她带来很多麻烦，但她也知道，这里的一切都在改变。照现在的状况发展下去，她很可能再也看不到这么可爱的奇那昂格了，多待一会儿也没关系，不如再跳一两支舞。

乐手们重新演奏起来，安妮加入了跳舞的人群，熟悉的轻快感回到她心里，回到她的双脚，她所有的担忧都消失了。只要吉吉记住她说过的话，他就会没事的。反正眼下她也帮不上吉吉父母的忙。

14

这周新警察给厄尔利队长打电话请了病假，三天多没露面。星期五他才上班，仍然去小镇执勤，于是听到了镇里发生的最新戏剧性事件。这一次是确定无疑的失踪案，托马斯·奥尼尔也消失了。

上个星期一，就是托马斯在街上碰到奥德怀尔警官那天，人们还见过他，但后来他就不知去哪里了。最后一个看见他的人是他的女儿玛丽。从商店回家的时候，托马斯在路上遇到了玛丽，当时玛丽正要去戈尔韦，托马斯让她回来后去他那里喝杯茶，还说要跟她讲一件有意思的事情。过了三四个小时，玛丽到了托马斯那里后，发现他没在家。玛丽的哥哥，还有镇子里的其他人，都不知道他在哪里。已经过去四天了，他仍然没有露面。警察们做了自己该做的工作——封锁港口、搜查镇子周围的区域，但都没有找到托马斯。

小镇居民的担心发展成了恐慌。他们要求警察全天候守着镇子，厄尔利队长答应了。所以，当拉里·奥德怀尔完成当天的执勤任务，来到他的办公室递交辞呈的时候，他非常生气。

“为什么？”他问拉里。

“没有一点成绩。”拉里说。

“你才工作了几个星期，”厄尔利队长说，“想有什么样的成绩？”

拉里耸了耸肩。

“我不适合做警察。”他说，“我本来以为当警察是个好主意，期待能大展身手，现在觉得不是这样的。”

“那太好了。”厄尔利队长冷冷说道，“听你这么说，我太高兴了。现在，我们国家正经历着多年不遇的严重危机，这不就是你大展身手的时候吗？”

拉里看着地板，心里默默倒数着。

“对不起。”他说。

“好吧，那你期待的是什么？”队长问，“高速追车？枪战？这不是美国，你明白吗？”

“不是那个意思。”拉里说，“我只是想……”

“想什么？”

“我以前觉得警察比一般人懂得多，他们应该擅长各种各样的侦探工作，反正我是这么认为的。”

厄尔利队长紧紧盯着奥德怀尔警官，怀疑他脑筋有问题。也许爱尔兰警署没有这样的幻想家会更好。

“不管你怎么想，拉里，”厄尔利队长语重心长地说道，“这份工作不赖，你知道吧。你还能干什么呢？”

“我还有很多事情可做。”拉里说。

“你要明白，拉小提琴是赚不到钱的。”

“我不怎么花钱。”

“等你有了老婆孩子后，你就不会这么想了。”厄尔利队长说。

“我同意您的说法。”拉里干巴巴地说道。

厄尔利队长叹了口气，低头看着拉里递过来的辞职信。笔迹又大又乱，就像小孩子写的字。

“这个月你总得干完吧？”他问拉里。

“我会尽最大的努力。”拉里答道。

“但愿我们能找到这些失踪的人。”厄尔利队长说道。

15

“你运气很好。”安古斯说。

他和吉吉坐在一根倒下的树枝上。山羊已经走了。

“那东西是什么？”吉吉问。

“布嘎人。”安古斯说，“我可能误导你了。”

“什么意思？”

“哦，我说‘不要和山羊说话’，其实只是开个玩笑。谁知道你真的会碰到山羊。”

“那么我应该和他说话吗？”

“当然。”安古斯说，“他可能觉得你特别没有礼貌。”

“如果你没到，他会对我做什么？”

“不知道。”安古斯说，“不过，布嘎人的魔法很厉害，一直很厉害。他们是非常古老的生物，比我们古老得多。按照他们自己的说法，天地万物出现之初，他们就在这里了。还有一些布嘎人说，是他们开天辟地，创造了世界。”安古斯沉思了一会儿，然后把手垫在脑袋下面，整个人躺在树枝上，“也许我应该问问他泄漏的问题。”

吉吉叹了口气，他的神经终于放松下来。

“你没在这附近发现什么吗？”他问安古斯。

“没有，”安古斯说，“什么都没发现。”

吉吉环顾四周，树林仍然让他觉得害怕。他想离开这个鬼地方，但安古斯闭上了眼睛，好像在打瞌睡。

“关于担忧之第五课，”吉吉说，“难以入睡。”

“我不睡觉。”安古斯说，“我们这边的人都不睡觉。”

“你们不睡觉吗？”

“不睡。”

“从来不睡？”

“我们以前没有‘从来’这个词，”安古斯说，“也没有‘曾经’，也没有‘晚上’。”他坐起来望着天空，“但我有一种可怕的感觉，晚上就要来了。你的手表几点了？”

吉吉看了看手表：“六点四十。”

“你到这里的时候是几点？”

“五点半左右。”

“该死！”安古斯说着站起来，“时间越来越快了，吉吉。必须采取措施了。”

安古斯拿起小提琴，穿过树林往外走，但不是走向大路，而是走向利迪家农田的上方。吉吉紧紧跟着他问道：“你怎么知道时间变得越来越快？”

安古斯的声音从头顶传来：“时间刚开始变化时，我们几乎感觉不到，只觉得有些东西不太对劲。变化非常缓慢，我们观察不到。后来就有人说太阳在移动，但是没有人相信他们，因为太阳从来就没动过。但它的确在动。我们注意到，有些不该有阴影的地方有了阴影。开始的时候很小，只出现在街道两侧，后来慢慢扩大，每个人都看到了。从那时起，时间就一直在加速。”

“跟我们的世界相比，还是很慢的。”吉吉说。

“但在我们这边就太快了。有一个很大的问题，我们不知道时间是从哪一刻起泄漏的，刚开始那会儿实在太慢了。如果我们知道起点，我的意思是，知道从你们那边的哪一年开始，我们可能就会找到时间加速的线索。”

“怎么讲？”吉吉问道。

苔藓覆盖的石头在脚下打滑，灌木丛也变得越来越厚。安古斯推开挡路的榛子树、荆棘和小梣树，奋力前行。

“你知道有很多事件，”他说，“像地震、飓风和核爆炸这一类的，都有可能损坏时间之膜。我们检查了所有容易损坏的地方，但很有可能错过一些。”

“会不会与全球变暖有关？最近我们那边天气变化很大。”吉吉说。

“但我们不是看最近的事情。”安古斯说，“在你们这个时代之前就开始了。”

“什么？”

“最可能是在五十年到一百年之前的某一点开始的。”

吉吉迈开大步才能跟上安古斯。从安古斯穿过密林的速度和焦虑感来看，他终于掌握了担忧的要领。

“你是说，你们的太阳从那儿移动到这里的时候，”他指着太阳，“在我们的世界里，一百年过去了？”

“不是，”安古斯说，“也可能只过去了五十年。”

这个信息扰乱了吉吉的心绪。自他来到这里以后，就一直觉得心神不定，现在这种感觉越来越强烈，从不安变成了恐惧。他不能说出确切原因，但他知道，一些重要的知识碎片，深藏在他的记忆中，像《多德第九舞曲》一样，无论他怎么努力，都想不起来。

“我们现在去哪里？”吉吉问。

他们终于来到树林的边缘。安古斯指着他的左边，老鹰岩尽头陡峭的悬崖：“那里。有件事我一直不想做，但现在必须做了。我们一起去看看我的父亲吧。”

PART 4

笛与漏洞

The
New
Policeman

1

厄尔利队长非常生气，奥德怀尔警官已经有一周没来上班了。他打电话到这小子的住处，房东太太也没有看到奥德怀尔警官。

“他很少在这里住。”房东太太说，“我不知道他去哪儿了。”

厄尔利队长放下电话。

“我知道这小子去哪儿了，”他对特里西警官说，“肯定到某个破地方拉该死的小提琴去了。”

他把电话本扔到书桌上，怒气冲冲地盯着特里西：“这群人都一样，你知道吧，拉小提琴的家伙。他们认为自己是神，可惜他们不是。小提琴是什么？是魔鬼的乐器！我父亲就是因为对小提琴着了魔，酗酒死的，所以我知道，小提琴是魔鬼的乐器！”

塞伦在偷听海伦讲电话。

“你好，菲尔？我是海伦……我很好，谢谢，你呢？”

塞伦知道她不好，他们都不好。虽然三个人互相劝慰，一再说听天由命，但只要吉吉没回家，他们心中的痛苦就不能缓解。已经两个多星期了，没有传来任何好消息。他们痛恨“结束”这个空洞的词，但他们慢慢接受了。整天幻想着一家团聚，结果希望一次次落空，这种感觉比彻底死心还难受。

“周六舞会那天你有什么安排吗？”

塞伦站在海伦面前问她。海伦没有跟他说过周六的安排。吉吉失踪以后，时间过得还是那么快，但除了在四周寻找，他们几乎没时间干别的。他们的思想、他们的灵魂，都只想着找吉吉的事情。塞伦甚至不知道今天星期几。

“我们要举办凯利舞会，”海伦既是对眼前的塞伦说，也是对电话那头的菲尔说，“像以前一样，每个月的第二个星期六。”

“什么？”塞伦惊讶地问道。

“你和凯罗尔能帮我们通知大家吗？”海伦说，“省得我们麻烦。”

“海伦！”塞伦发出嘘声，想阻止她。

“吉吉希望这样做。”她对菲尔说，同时也是对丈夫说，“不管他出了什么事，都是利迪家的孩子。”

2

吉吉站在树林边上俯瞰平原。天空如此清澈，山坡和远处大海之间的景色尽收眼底。

“我可以下去看看我家的房子吗？”他问安古斯。

“以后吧。”安古斯说。

“我敢打赌，你们以前都没有‘以后’。”吉吉赌气说道。

他的目光停留在下面的山坡上。在本来是利迪家的地方，竖立着一排高大的树木。红色的树叶连成一片，宛如绚丽夺目的火焰，燃烧在灰绿相间的斜坡上。

“那是什么树？”吉吉问道。但是安古斯已经走了。对于一个长生不老的人来说，他的匆忙有点不正常。只见他大步穿过粗糙的地面，走向一片犬牙交错的岩石，再过去是大块陡直的石灰岩台阶。吉吉有点犯怵，他原来对爬这种东西，是能避则避。虽然这东西比老鹰岩峻峭的岩壁好很多，但爬上去也怪累人的。

皮皮躺在吉吉的脚跟前，吉吉对它的忠诚很感动，他想知道它来自哪里。他很同情它，想帮助它，不过安古斯也处处想着皮皮。路面状况很差的时候，帮助它的是安古斯，不是吉吉。

“我们最好跟着他。”吉吉对皮皮说。

皮皮艰难地站起来，吉吉发现它越来越虚弱了。它用三条腿走了那么远的路，已经非常了不起。吉吉感觉它坚持不到山顶。

“安古斯！”

安古斯停住了，等他们赶上来。

“你父亲住在这里吗？”吉吉问他。

“他的府邸在镇子里。”安古斯说，“你可能见过了，就在水泵的对面。”

“你是说那个代替教堂的大石头？”吉吉说。

“对，但他不住那里。”安古斯指着他们前面陡峭的山坡，“他住在这里。”

“为什么？”吉吉说。

“因为他很固执。”安古斯说。他把小提琴交给吉吉，把皮皮抱到怀中。皮皮受伤的腿垂下来，只连着一点皮肤和血肉，随着安古斯的步伐左右摇摆。吉吉想到了一个主意。

“安古斯？”

安古斯停下来。他神态轻松，气息均匀，抱着一只体重不轻的大狗攀爬近乎垂直的石阶，对他好像一点影响都没有。

“为什么我们不把它的断腿割掉呢？”

吉吉的精神很坚韧，他必须坚韧，因为海伦和塞伦都有点脆弱。农场里的动物受伤是常事，通常都是由兽医来处理的，但有些时候，兽医也想不出什么好办法。有一次，他们家的一头公山羊掉到一块尖石头上，一只角受了重伤，像皮皮的腿一样，只连着一丝皮。吉吉就用他的小刀把那只角割了下来。

“那条腿很碍事。”吉吉继续说，“如果不拖着那条腿，它会更好受一些。我以前见过三条腿的狗，它们都活得好好的。”

“怎么切呢？”安古斯说。

“我有一把小刀。你抱着它，别让它乱动，我就能割下来。”

安古斯看着这只大狼狗金色的眼睛："我觉得它不会让我们干这事的。"他说，"它可能会误解我们的意思。"

"等它反应过来的时候，我就弄好了。"吉吉说。

"你那一头是没问题，"安古斯说，"可是我这头呢，我可不敢。你看见它的牙齿了吗？"

安古斯继续往山上爬，吉吉跟在他后面。皮皮的牙齿很锋利，的确是个问题。皮皮是狼狗，而且是他迄今为止见过的个头最大的狼狗。他又想到了一个主意。

"要不我把它带走。"他说，"去找镇里的兽医，让它恢复一段时间，然后再把它带回来。"

安古斯继续爬山，连头都没回一下，但他的话斩钉截铁，不给吉吉留一点空间。

"我的小笨丁朋友，这件事你不能做。"

3

终于爬上了最后一级石阶，安古斯把皮皮放下来，带着吉吉在山顶粗糙的野草间穿行，皮皮仍然跟在他俩后面。从山顶放眼望去，三面都环绕着绵延不绝的布伦山系，灰蒙蒙一片，只有一面是绿色的平原和远处浩渺的大海。不久，一座巨大的石山进入了他们的视野。这个地方吉吉来过很多次，当然，是他自己世界里的这个地方。这样的石山有两座，高耸入云，从海上就可以看到。当地人认为这两座石山是古墓，里面埋葬着古代皇室或平民的尸骨，虽然他们从未挖掘过。

他们走到石山跟前，吉吉看到一个人站在面向大海的一堆巨石上。

“你跟这家伙说话要小心点。”安古斯说，“他是达格达王[①]，他认为自己是至高无上的神。”

“什么？”吉吉说。

“达格达，”安古斯低声说，“他的名字。”

“意思是什么？”

“我也不知道。”安古斯说。

吉吉按照常理推测，安古斯的父亲应该很老，但是当他们走向那个人的时候，他想起了仙族养育孩子的方式，那么达格达可能没那么老。他们慢慢走近，吉吉看到，达格达确实与众不同：他留着大胡子；穿着一件厚重的羊毛斗篷，前襟别着一个巨大的金色胸针；样貌年轻，似乎只比自己的儿子大几岁。他们走到达格达跟前，达格达面无表情地看着他们。

“您好，父亲。”安古斯说。

---

① 凯尔特神话中，爱尔兰的主神。

“这个笨丁是谁？”

“他叫吉吉，”安古斯说，“但他不像别的笨丁那么笨。他会一点魔法，是不是，吉吉？他的小提琴拉得很漂亮。”

“哼。”达格达哼了一声，扭头转向大海。

“父亲，我们有点小问题。”安古斯硬着头皮说道。吉吉觉得他有点胆怯。

达格达猛地转过头，发出咆哮般的笑声，动作和声音都很夸张。只听他说道:“小问题？我们都快死了,你说这是小问题？”

“快死了？”吉吉惊讶地问道。

“您说得太夸张了。不会出现这样的事吧？”安古斯说。

“我们当然快死了，”达格达怒吼道，“必死无疑，跟那只可怜的狗一样！”

皮皮刚刚赶上他们，吉吉不得不承认，它的模样实在狼狈。它呼啦一下倒在吉吉脚旁，拉长身子侧躺在草地上，舌头从嘴巴里伸出来，呼呼喘着气。

“从来没有发生的事情发生了。”达格达继续说道，“我们的太阳正从天空中落下。我们话还没说完，就可能死了。”

“可是，您看上去非常健康。”吉吉插了一句。

安古斯皱了皱眉头，郁闷地看着他。达格达怒视着他们。

“不过，他说的也有道理。”安古斯对吉吉说，“你们把我们的世界叫作永恒青春之地，我们把你们的世界叫……呃……”

“什么？”吉吉问。

“我们称之为垂死之地。”

“你们真好。”吉吉说，“反正，你们样样都好，所有的东西都比笨丁国的好。”

“你们从出生的那一刻起就在死去。”达格达说道。

“话虽这么说，”吉吉说，“但对这个问题，我们有不同的观点。”

“没有任何区别。”达格达说，“现在你们肮脏的时间正在污染——”他突然停住，双手一挥，指向下面的平原，“污染这些，污染我们遗留下来的一切。”

一阵沉默，只能听见老狗衰弱的呻吟声。

“遗留下来的一切？”吉吉不明白达格达在说什么。

达格达望着大海。安古斯把手放在吉吉的手臂上。

“你没有注意到吗？”他说，“我们只有那么几个人。”

吉吉注意到了，但是他没有多想。那些空旷的马路、荒芜的田地和破败的房子！

“怎么回事？”他问。

“你看见那边的灯塔了吗？”安古斯指着石堆问。在吉吉的世界里，山边上有一条小路，直通山顶。吉吉曾和都柏林的表亲们爬到山顶去野餐。但这边的山没有路，石头也没有被人碰过，好像刚刚放在那里。

“我还以为那些石堆是古墓。”吉吉说。

“在你们的世界里，可能就是古墓，”安古斯说，“但是在这里——”他瞥了一眼达格达，深吸了一口气，仿佛要讲一个很长的故事，但实际并不长。

“大概几百年前，或者你们那边的几千年前，我们的人民准备跟你们打仗。出发之前，我们的战士每人都带着一块石头，放在这座山上。战争结束以后，幸存下来的人回来，把他们的石头拿走。”

吉吉盯着这座山：“所以所有这些人……”石堆规模宏大，一眼望不到边，要数完这些石头，估计得花一年的时间。

“都死了。”安古斯说。

吉吉不禁看向达格达，发现他的眼泪已经流到了胡子上。

“那女人们去哪儿了呢？”吉吉问。

“我们的女人也是战士。”安古斯回答。

离这座石头山一英里远的地方，是另一座石头山，吉吉可以看到山峰上的灯塔，他还依稀看到了更远处的第三座灯塔。吉吉不知道自己的世界里有没有这样的灯塔，他从没注意过。那边的灯塔会不会更多？那些灯塔是不是孤独地站在爱尔兰的海岸线上，等待当初建造者的亡魂归来？

“您为什么待在这里？”吉吉问达格达，“您应该知道，他们永远都不会回来了。”

达格达绿色的眼眸盯着吉吉。

“我是他们的指挥官。”他说，“我回来了，他们没回来，这不对。”他转过身，又向大海望去，“我怎么能离开他们呢？”

吉吉低头看着皮皮，它恢复了一点力气，身子趴在地上，脑袋搁在伸出的爪子上。它正目不转睛地看着吉吉的脸，仿佛吉吉身上有它期盼已久的东西。

“我不会让你们的人死掉的。”吉吉冷静地说道，“这是我最不愿意看到的事情。我会找到漏洞，阻止时间泄漏。”

达格达转过身来看着吉吉。

“我的傻儿子这次可能做对了，”他说，“也许你真的有点魔法。拿出那把小提琴，给我演奏一首曲子，”他转过脸朝着灯塔走去，“也给他们演奏一首。”

吉吉拿出小提琴，拉紧琴弓。他参加过爱尔兰的顶级小提琴比赛，听过他演奏的有爱尔兰最优秀的传统音乐家。但是比起这些比赛来，他觉得这次的挑战更为艰巨：为奇那昂格失落的部族和他们的统帅演奏。

吉吉把小提琴架在肩上，他意识到，这次的情况非比赛可比，不能用参加比赛的心情去演奏。多年的演奏经验告诉他，如果让紧张的心情干扰到音乐，那音乐的魅力就无法展示。他闭上眼睛，什么都不想，只去感受自己的灵魂。他把手指和琴弓放在弦上，拉起了慢调舞曲。在他的大脑开始思考之前，他已经拉完了一遍。他想起来，他的外祖母把这支曲子教给他的母亲，他的母亲又教给了他。他又拉了一遍，现在他可以确定，另一个吉吉·利迪，他的外曾祖父，是从仙族那里学到的曲子，而且外曾祖父自己也深知这一点。说不定他现在也正在演奏，因为吉吉能感觉到，他自己之前的演奏都与此不同。这支曲子结束后，他更加吃惊了，因为他拉了一首热烈强劲的里尔舞曲，然后又来了一首。他不知道自己为何会演奏这两首曲子，但是从大胡子达格达脸上慢慢露出的笑容来看，他的选择是明智的。他收住手，结束了演奏，充满期待地等着达格达的反应，可是奇那昂格之王把笑脸转向了自己的儿子。

“你是个到处惹麻烦的坏小子，安古斯 · 奥格。”他说，“你来来去去，沉溺于你的小幻想中。那些看上你的可怜女人，都被你害惨了。那些信任你的男男女女，更是愚蠢到家，因为你就是个灾星。但你今天做了一件事，让我在这肮脏时间的余生里都不会忘记——这次，你带来了一个合我胃口的男孩。”

“好了，父亲。”安古斯说，吉吉看到他眼里闪过一丝熟悉的愤怒，“我带他来这里，不是让他给你和你的乱石堆拉小曲的！”

达格达大吼一声，从斗篷下抽出一把削铁如泥的短剑。他挥舞短剑，咆哮着说：“今天就让我教教你，该用怎样的语气和自己的父亲说话！”

“用不着。”安古斯平静地说，“不过您这把短剑看起来不错，正好可以把那条狗的后腿切下来。您可以抓住它的牙齿那头，我就借一下——”

“那条狗马上就死了！”达格达气得大喊大叫。

“父亲，我们都快死了，您自己在两分钟前告诉我们的。但是如果我们知道了泄漏的地方，我们可能就不会死了。”

达格达垂下了手臂，手里仍然拿着短剑。他转过身去，继续望着大海。

“父亲？”安古斯用关切的声音问道。他又郁闷地皱了皱眉头，但是下一秒，他就恢复了愉快的神情。达格达没理他。

“您知道漏洞在哪儿，对不对？”安古斯自顾自说下去，“您当然知道。您控制着时间之膜，您知道它的每一厘每一寸。您怎么可能感觉不到泄漏？”

达格达一声不响地俯视着下面的平原。

“这没有好处，父亲。”安古斯说，“已经来不及和那艘船一起沉下去了。您把他们送上了死亡之路，您做什么都改变不了这个结果。现在您把自己，还有我们剩下的人都带上，对死去的人来说，毫无意义。”

“为什么要打仗？”吉吉问。

安古斯神情专注，正等待父亲的回答，对吉吉的问题有点心不在焉。

“神。”他简短地答道。

“神？”

“如果有一天，你在那边的世界里遇到我，吉吉，不要叫我的名字，明白吗？”

“为什么？”吉吉问。

“他是害怕你拆穿他。”达格达冷冷地说道。

“我害怕笨丁们胡思乱想，得出错误的结论，他们总是这样。”安古斯说，“议论地球上到底有哪些神，这就是那场战争的起源。基督教传到爱尔兰以后，笨丁们整天都在谈论上帝。爸爸很不高兴，他觉得只有自己才是爱尔兰的神，其他人都是……”安古斯向石头山那边挥了挥手。

吉吉盯着石头山，试图搞清楚安古斯这些话背后的含义。这时一阵微风从海上吹来，冷冽而清新。达格达的斗篷鼓起来，看上去浪漫潇洒，但安古斯显然不为所动。

“停下来，爸爸。”

微风停了。

安古斯继续说道：“如果你决心与你的勇士们一起赴死，谁也不会拦着你。你只要自己穿越到那边就行了，你没有权力把我们所有人都带上。如果你知道泄漏的地方，你必须告诉我们。”

达格达转向吉吉：“我很喜欢你的演奏，年轻人。我希望你哪天能回来，再为我演奏一次。”

达格达王让他退下。吉吉默默拿起了小提琴盒。

“爸爸。”安古斯说。

“我的蠢儿子，你也退下吧。”达格达说。

“漏洞在哪里，爸爸？”

达格达长久地、深深地盯着安古斯，然后重重叹了口气：

“我不知道确切的地方，但它就在附近。我能感觉到它在吸走我的血液，抽取我的能量。我能闻到它的味道。”

“有多近？”安古斯说。

“非常近，”达格达说，“就在我的脚下。”

安古斯长舒一口气。

“好的，”他说，“我们去看看能不能找到它。”

安古斯从父亲身边走开，离开了石头山。吉吉跟在他后面，皮皮也挣扎着站起来，艰难地拖着断腿跟上去。

4

“这家伙实在让我生气。”安古斯说。他们顺着大山的尖棱利石往下爬。皮皮的状态越来越差，它连滚带爬，跌跌撞撞地跟在后面。

“你知道，是内疚让他待在那里。都是因为他，我们才败得这么惨。他和他那愚蠢的信念——要做什么独一无二、至高无上的神。”

“我不清楚这些。”吉吉说，“不过在我看来，能轻易打开或关上天门和海门的人，比神还要厉害。如果他死了，谁去做这些事情呢？”

“如果他死了，我们也离死不远了。”安古斯说。

“我不明白你为什么这么悲观。”吉吉说，“我们可能是愚蠢的笨丁，但我们一直努力适应时间，一千年又一千年地活下去。我们有孩子，我们的孩子也有孩子，我们的生命在延续。如果你们不能摆脱时间，那你们可以像我们一样生活呀。”

“我想过这个办法。”安古斯说，“但我觉得不可行。我们没有你们的生活经验。虽然我们在你们的世界里长大，但是我们无法适应那个世界。读一读那些传说故事，你就知道了。我们是脆弱的、爱做梦的小孩，我们活在自己的世界里。我们长大以后的样子你也看到了，我们只会演奏音乐、跳舞，在阳光下游荡。”

“你们不能学习吗？”

“学得像你们一样？我们从来不干活，不知道怎么种粮食、怎么养牲畜，不知道任何一种谋生方式。我们连自己都照顾不了，更别说我们的孩子了。”

“你们可以让别人教啊。”吉吉说，“我会帮你们的，我相信安妮·科尔夫也会这么做。”

安古斯点点头：“我知道。但是要学的事情太多太多了。”他不再说下去了，吉吉感觉他是不想说。

“继续说呀。”吉吉忍不住催促道。

安古斯瞥了他一眼。

“我们观察了你们好几个世纪。”他说，“如果时间继续泄漏，我们就要挨饿；等我们勉强解决了挨饿问题后，我们就开始变得贪婪。吉吉，你能理解我们吗？被时间奴役，被贪婪驱使，破坏我们热爱的土地？即使我们的血统留下来了，我们的精神也不会。勤劳不是我们的天性，你知道吗？我们的后代将和我们没有任何相似之处。”

“只能这样吗？”吉吉说，“没有别的办法吗？”

“也许有，”安古斯说，“但是你们没找到。”

他们在榛树林边停下来等皮皮。皮皮一副奄奄一息的样子，吉吉希望能为它做点什么。

吉吉看了一下太阳，和上一次的观察相比，它向西运动的速度加快了，四周的光线都带上了金色的晕圈。吉吉望着平静如昔的绿色原野。

“达格达指责你沉溺在小幻想当中，是什么意思？”他问安古斯。

安古斯不屑地吐了口唾沫：“我老去你们那边转悠，就这么回事。问题是，回到这边后，我就很难想起在那边做过的事情。”

安妮·科尔夫也说过类似的话。吉吉问道：“为什么？”

“不知道。”安古斯说，“我想，大概与时间对大脑的冲击有关吧。你只能感知到一些模糊的东西。”他摇了摇头，“真有意思，他还指责我沉溺于幻想，我看他才是那样，整天就想着当神。我根本就没有那样的情结！”

“我为他感到难过。”吉吉说。

“他听你这么说会很高兴的。”安古斯说，“下次你见他的时候，就这么说。”

“因为他想做唯一的神，所以就有了战争吗？太可怕了！你们的人怎么了？”

“非常悲惨。”安古斯说，“但事情已经发生了，空有壮志，无力回天啊。达格达王想明白这一切时，已经太晚了。”

“那你认为他该怎么办呢？”

安古斯笑了：“你应该看看我的父亲跳舞，吉吉。他应该从山上下来，和他的人民一起生活。”他沉吟了一下，补充道，“或者和他们一起死去。”

吉吉有点烦安古斯。他藐视达格达，批评笨丁，指责笨丁贪得无厌，这些也就罢了。但是他凭什么认为他们这里的人就该享受无拘无束、长生不老的生活？而时间之膜另一侧的人类，就该辛苦劳作，衰老死亡，承受有涯之生的各种痛苦？

然而，泄漏所影响的不仅仅是奇那昂格。吉吉几乎忘了自己来这里的原因。如果时间在这边加速前进，那他们那边会发生什么呢？

吉吉看了看手表，差一刻七点。这个世界上的时间多一点，他们那边的时间就少一片。

“我们最好做点什么。”他说。

“寻找漏洞。”安古斯说。

他们看着下面布满岩石的山坡，不知道选择哪个方向。

“我们走那条路，你介意吗？”吉吉问安古斯，“那下面是我家的房子，就在那片树林里。我想看看它在这边的样子。”

“那就这么走吧，”安古斯说，“反正我也没有更好的主意。”

他们沿着陡峭的山坡朝农舍走去。这座小山是利迪家庆祝冬牧节[①]的地方，但这里没有墙壁，吉吉勉强辨认出几块岩石和一些地貌，但他有点迷糊，无法确定具体方位。

快到房子跟前的时候，吉吉停下来往回看，基本确定了自己在这片地形中的位置。应该就在这附近没错。这里没有被清理或推平的痕迹，但他仍然判断出，他们已经来到了圆古堡所在的草甸顶部，只不过这里还保持着岩石覆盖的原始地貌。

他找到了方向感，却丢失了某样东西。

“皮皮去哪儿了？”

安古斯停下脚步环顾四周。

“我不知道。”他开始呼叫皮皮。

吉吉也开始大声喊道：“皮皮？过来，好姑娘。”

他们等了一会儿，但皮皮没有出现。

“哦，不会吧。”吉吉说，“我希望它没有放弃。”

“可能被卡住了。”安古斯说，“我们爬过什么大石头吗？”

---

① 冬牧节（winterae）是爱尔兰布伦地区的传统节日，节日期间会通过各种形式展示传统农牧业活动，目的是合理农耕和放牧，保护当地生态平衡。

“没有吧。”吉吉说，“我最好回去找它。”

“那我等你。”安古斯说。

5

塞伦想说服海伦放弃举办凯利舞会，但海伦心意已定，而且，她得到了女儿的全力支持。不过，这次玛丽亚不打算跳舞，她要坐在原来吉吉坐的地方——母亲身边。

时间仍在飞速而去。他们并没有刻意做什么事分散失去吉吉的痛苦，即便如此，日子仍然以不可思议的速度流走。时间似乎被某种巨大的、看不见的真空吸尘器吸走了。日子一天天过去，吉吉回家的希望变得更加渺茫了。

厄尔利队长除掉了新警察的名字，他已经好些天没有露面了。队长隐约觉得，这也许又是一起失踪案，但他不想去调查。如果奥德怀尔消失了，那他头疼的事情就少了一件。

失踪案件毫无进展。警方不得不接受一个事实，安妮·科尔夫也属于消失的人之列。她锁好屋子离家已经一个多星期了，尚未与任何人联系过。都柏林方面派来了一批专业侦探，重复了一次挨家挨户的调查。一样一无所获，没有发现一丁点新线索。

奥德怀尔警官再次出现的时候，已经到了值夜班的时间。厄尔利队长的怒火快将奥德怀尔烤化了。奥德怀尔忍受住了队长劈头盖脸的责骂，他默默盯着对面的墙，从一百开始倒数。本来也不是十恶不赦的事情，但是厄尔利队长不明白新警察为什么要这么做，非逼得他大发雷霆。长长的训斥终于结束了，拉里调整好自己的情绪，接受了当晚的新任务。离开办公室的时候，他对厄尔利队长说："我听说您弹班卓琴，很棒的乐器。咱们得找个时间，一起切磋切磋。"

拉里·奥德怀尔警官被派到了戈特，处理酒吧关门后的"延时服务"问题。镇上有几个闹事的小混混，这个晚上可真够他忙的。只是，拉里·奥德怀尔不愿耗神耗力抓捕坏蛋，他甚至不愿象征性地盘问盘问。他能想出好些对付歹徒的办法，但他觉得，这些都不是他做警察的初衷。

海伦对自己的生日毫无心理准备。她辛苦操劳，忙于眼前的事情，完全忘了这件事。生日当天的早晨，塞伦和玛丽亚叫醒了她，把早餐放在她的床上，还给她带了一堆礼物，很大很大的一堆，她花了一个小时才拆完。这两人包揽了所有的家务活，让她一定躺在床上休息，但是她必须起来，因为朋友们都带着礼物来看她了。

午餐是塞伦做的。饭后他宣布，一家人先去恩尼斯看电影，接着去海伦最喜欢的中餐馆吃饭。时间匆匆而过，海伦终于振作精神，竭力表现出快乐的样子，但他们都知道，没有吉吉分享，她的快乐是空洞无味的。他们正要动身去电影院时，海伦说："要是他回来了，家里没人怎么办呢？"

"他会等我们回来。"塞伦说，"他还能做什么呢？"

海伦仍然怏怏不乐。在出门之前，她给吉吉留了一张便条，放在厨房的桌子上。

6

吉吉在山坡上反复寻找。他一遍又一遍地呼喊着皮皮的名字，但皮皮没有出现。要在一片灰色的石头中找到一条灰色的狗，简直比大海里捞针还难。

皮皮不可能走远。从石阶上爬下来的时候，他们还在一起，而且他清楚地记得，从山上往下走的时候，皮皮也跟着下来了。活要见狗，死要见尸，吉吉相信自己能找到皮皮，只要一直找下去。

他爬上一棵榛树从上往下看，嘴里还不停叫着皮皮的名字。林子里树影幢幢，隐约看到有一头山羊站在那里，但安古斯不在身边，吉吉可不想去招惹麻烦。

"皮皮？皮皮！"

没看到皮皮的身影，它应该不在榛树林里。

吉吉回头往山坡上看去，只有苍茫的灰色。在这个角度能看到很远的地方，但是吉吉可以确定，皮皮不在他的视线范围内。安古斯·奥格也不见了，大概是去了他家房子那边。吉吉睁大眼睛，四下搜寻，现在能挡住皮皮的地方只有圆古堡。吉吉能看到古堡的轮廓，但看不到里面的东西，因为里面都是冬青树和山楂树。吉吉从榛树上下来，回到圆古堡，毫不费力地翻过石头做的围墙。

没有看到皮皮。吉吉在古堡的树木之间边走边喊。古堡内部跟他自己家那边一模一样：石头对应着石头，树木对应着树木。等他走到中间，才发现有很大区别的地方。他家古堡的这个地方，只有一堆乱石，但在这里，他看到有一块平坦的石头，侧向一边，似乎有铰链固定着。石头下面是一个很深的洞。吉吉跪下来向里窥视。洞口不大，但洞里十分宽敞。毫无疑问，这是一个地宫的入口。

吉吉把头伸到洞口里，继续往里瞧，这时他听到地宫深处传来某种含混不清的声音。他慢慢爬到洞里，发现洞壁有狗爪的划痕和未干的血迹。

“皮皮？皮皮！”

吉吉凝神细听，现在听得更清楚了，一只狗威胁性的呜呜声，和一个男人怒气冲冲的喊声传来。一丝寒意穿过吉吉全身。洞里一片漆黑，吉吉不想贸然进去。他爬回地面，跑到古堡边上。

他想跟安古斯商量一下，但安古斯不知去哪里了。他喊了几声安古斯的名字，声音在岩石间飘荡，没有人答应。也许安古斯在更远的地方，听不到他的叫声。吉吉提高了音量，放声高喊，还是无人回答。

吉吉很害怕。他实在不能理解，安古斯·奥格为何要不辞而别。吉吉一时间想不出什么好办法，只好又折回到地宫入口。皮皮还在黑暗深处咆哮着，人声和犬吠声交织在一起。里面突然安静下来，紧接着又是皮皮低沉的咆哮声。

“皮皮！”吉吉等待着。皮皮没有出来。它为什么会跑到那里，它看到了什么人?

在奇那昂格的时候，无论他去哪里，皮皮都坚定地跟着他，跟着他吉吉，而不是安古斯。他不知道原因，但皮皮就是认准了他，皮皮在镇里看到他的那一刻，就把他当成了自己的归属。现在皮皮不理他的呼叫，这实在说不通。

除非皮皮无法回应。吉吉突然意识到，皮皮可能遇到了危险。这个念头刺激了他，让他克服了恐惧。他颤抖着双手，解开夹克的胸袋，掏出了蜡烛和火柴。

吉吉顺着低矮的爬洞匍匐前进，明亮的烛光跳动着，晃得他几乎睁不开眼睛。好不容易爬到了尽头，吉吉抬起头，这时随便有什么东西打过来，他都会没命的，还好，什么事都没有。吉吉站起来，进入第一个大厅，除了墙上闪动的蜡烛影子，里面什么都没有，但是声音越来越清晰了，他走过那间狭长的房子，才终于完全听清。

“走开！回去！从这里滚出去！”

也就是说，皮皮是入侵者。但为什么呢？它在威胁谁？吉吉的好奇心更盛，反而没那么害怕了。皮皮的状态很糟糕，不过，就像安古斯指出的那样，它的牙齿可没有问题。它的确很虚弱，但只要它还能用牙齿咬，就不会让别人伤害到自己。

吉吉跪下来，爬到了第二个房间门口。在烛光照耀之下，狼狗的身影显得分外高大，它摇摇晃晃，几乎站不稳，但是它的吠叫足够凶狠，完全可以把人吓得心惊胆战。皮皮还不知道吉吉进来了，它的注意力集中在对面的角落，那里站着一个男人。吉吉观察着里面的情况，暂时不想出手。

“让这该死的狼狗走开！”那个男人突然喊道。

吉吉吃了一惊，差点把蜡烛扔到地上。角落里的男人穿着黑色的衣服，戴着白色的硬圆领。看来，皮皮是在和一位神父对峙，原因是什么，只有它自己知道。

7

“让它走开！”神父又说了一遍。

吉吉从未给皮皮下过命令。一方面，皮皮不是他的狗；另一方面，皮皮出生在一两千年前，那么，从辈分上来说，他没有资格这么做。但是皮皮此刻充满侵略性，神父被它的样子吓坏了。

“皮皮！”吉吉喊道，“别叫了！”

皮皮瞥了他一眼，乖乖趴到了地上，不知是因为放松，还是因为服从。它的咆哮声越来越小，直至完全消失，但它仍然用警惕的目光盯着神父。

“把它赶出去。”神父说。

吉吉权衡了一下形势。神父是个老人，目测至少有六十岁，而且体格矮小瘦弱，不如他强壮。此外，他一脸惊惶，看上去十分害怕，对自己没有威胁。吉吉的好奇心战胜了恐惧感，他准备出手了。

“出去，皮皮！”吉吉故意用严厉的语气说道。皮皮用哀求的眼神看着他。

“快点，出去！”

皮皮已经极度虚弱，它用尽全身力气站起来，拖着沉重的身体，缓缓走出爬洞。吉吉听到它在墙那边躺下，爪子叩着石头，喉咙里发出咕噜咕噜的声音。吉吉举起蜡烛，走到房间里面。

“你是谁？”神父问道。

吉吉没有回答。他的目光被某个东西牢牢吸引住了。在神父的影子后面，差不多在他臀部高度的地方，有一个东西伸出了墙面。乍一看像根棍子或树枝，但仔细看就知道不是。神父的蜡烛放在地上，虽然烛光昏暗，但吉吉看得出来，那个东西表面光滑、线条流畅，一定是有人把它做成了现在这个样子。而且，它是空心的，边上有小洞，还不止一个。

是一支长笛。

就在这电光石火间，吉吉明白了一切。记忆深处的信息喷涌而出，汇成一股洪流，在他的脑袋里横冲直撞。他知道长笛属于谁，是谁做的长笛；他知道神父来自哪里，叫什么名字；他知道时间如何泄漏到了奇那昂格。时间之膜紧紧贴住笛身，没有一丝空隙，但笛子是中空的，时间之膜无法进入笛管里。

吉吉的第一反应是把长笛拔出来。他向前迈了一步，但神父冲过去挡住了他。

“你是谁？”神父又问了一遍。

吉吉很想推开他，他完全能做到。他要抓住长笛，不等这老人反应过来就跑出去。万一没跑出去，两人扭打起来，那也是他占上风。不过，内心深处的某种力量阻止了他。他的外曾祖父，吉吉·利迪一世，当年也可以这么做，仗着自己年轻力壮，一把夺回长笛。但外曾祖父没有这么做，他也不会这么做。他会找到别的办法。

“你耳朵聋了吗？”多尔蒂神父问道。

“没有，我叫吉吉。”但是他马上想到，这个名字恐怕会让神父联想到他的外曾祖父，引起某种混淆，于是他补充道，“吉吉·伯恩。”

“吉吉·伯恩。”神父重复了一遍名字，上下打量着他，他脚上那双蓝白运动鞋引起了神父的注意。神父又开口道：“奇怪的仙族名字！”

“是有点奇怪，”吉吉说，“但我不是仙族人。”

“呵呵，你跟他们一样粗鲁。”神父蹦出这么一句。

“对不起，神父。”吉吉说。以前在家里的时候，每个周日早上，吉吉都会跟父母一起去望弥撒。他向来对神父们很尊重，但不是眼前这位，多尔蒂没法让人尊重。

“你不是仙族的，那你在这里干什么？”

吉吉想找个理由。他不打算告诉多尔蒂神父真正的原因，而且，就算他说了是一个出版商把他带到奇那昂格，神父也未必会相信。墙那边的皮皮刚好发出一声呻吟般的叹息，吉吉一下子有了主意。

“我跟着我的狗跑，结果掉到了洞里。”他说，“我们正在找回家的路。”

多尔蒂神父的反应出乎吉吉意料。只见他凑近墙壁，把一只手放在长笛一端，做出不容靠近的架势，指着墙角说：“你从那里走吧。”

吉吉假装自己什么都不知道。

“但那里是石头墙。”他说。

神父微微一笑:“看起来是石头墙,实际上不是。要有信心,孩子。相信我。”吉吉还在犹豫,神父继续说道,“你觉得你不能走到另一边,其实你很容易就过去了。那边的入口处有块大石头,角落里有一块很轻的石板。这边也有一块,大概被你的狗打翻了。你把那块石板挪开,就能爬出去,一点也不难。”

又被这老家伙堵回去了,吉吉想着对策。现在他仍然可以冲过去,从神父手里夺过长笛,但这是万不得已的做法。

“但是您呢,神父?”他继续拖延时间,“您在这里做什么?”

多尔蒂神父又微笑了一下,坐到墙边的一块大石头上,但他的手仍然搭在笛子上,动作十分自然,似乎已经习惯了这种姿势。吉吉暗想,神父大概经常这么做吧。

“我必须再待一会儿,”他说,“但我很快也会离开这里。”

“您为什么要留下来?”吉吉问,“您用那根长笛做什么?”

多尔蒂神父仍保持着微笑,但更多是对他自己笑,而不是对吉吉笑。

“天才之作,长笛,对不对?吉吉 · 伯恩,我跟你说,我一生的志向要实现了。我要把仙族的人,还有他们恶毒的生活方式,永远赶出爱尔兰!”

“为什么?”吉吉想诱导神父说下去,让他说出自己的目的,想做到这一点并不难。

“多少年了，仙族一直是长在爱尔兰生活里的毒瘤。他们的音乐和舞蹈腐蚀着人们的思想，欺骗人们，引诱人们，是不是？”

“我不太了解仙族，神父，但我相信您是正确的。”

“仙族把爱尔兰人变成了懒惰的种族，让他们整天做梦，沉迷在异教迷信中。仙族甚至腐蚀我们的血统，吉吉，你知道吗？”

“我不知道，神父。”

“仙族偷走我们的孩子，把自己的孩子留在摇篮里。这还不是他们最大的恶行。他们跑到我们那边去，吉吉，光天化日之下走在人群之中。他们的男人故意引诱我们的姑娘。他们犯下不可饶恕的罪行，却让这些姑娘承担恶果。”

吉吉不太明白神父说的最后一条罪状，神父给他做了解释。

“孩子，就是未婚而生的子女。现在爱尔兰还有很多沾染着他们血液的孩子！”

神父沉默了一会儿，盯着蜡烛跳动的火苗，仿佛迷失在其中。蜡烛燃烧着，流出的蜡油在地上形成了一个小坑。

“我心目中的爱尔兰，”神父继续说道，“是一个虔诚的天主教国家，居住着勤劳的公民，他们奋发向上，意志坚定，决心抛弃老朽的、软弱的生活方式。我心目中的爱尔兰，每人都有一辆汽车，勤勤恳恳地改善生活，赡养家庭。他们不会浪费时间，不会只知道白天种土豆，晚上喝酒跳舞。我心目中的爱尔兰，繁荣富强，跻身于欧洲大国之列，受人尊重。”

“但是这些都实现了啊。”吉吉说。

“都实现了？”多尔蒂神父半信半疑地问道。

“您应该看看现在的爱尔兰，神父。人们已经见不到仙族了，他们甚至都不相信仙族存在过。”

“你说的是实话吗？”神父问。

“是的，神父。”吉吉诚恳地回答道。他认为自己没有撒谎。多尔蒂神父的大部分设想都已成真。

“我没想到这么快就能实现。”神父说，他仔细看着吉吉，最后目光停留在吉吉的运动鞋上，“孩子，今年是哪一年？”

“2005 年，神父。”

神父的眼睛失去了焦点。

“2005 年。”他茫然地重复着，吉吉能感觉到他的悲伤，他说，“谁能想到，那边的时间会过得这么快？”

“是啊，现在您不用在这里待着了吧？”吉吉问。

多尔蒂神父摇了摇头，从口袋里掏出一个大怀表，拿到烛光前瞅了瞅。

“还得等三个小时，”他说，“三个小时就好。”

“吉吉？”

神父和男孩同时呆住了。外面的声音越来越大，穿过空旷的大厅，清晰地传到两人耳边，他们互相看了对方一眼。

“外面是谁？”神父低声问道。

“安古斯·奥格。”吉吉如实回答，一时想不到更好的答案。

“让他出去！”多尔蒂神父急促地小声说道。

吉吉摸索着爬过第一个洞，来到第二个洞，仰头大声喊道：“安古斯，我在这里。我马上就出来了，你在外面等一会儿。”

吉吉爬回了地宫的第二个房间，低声问多尔蒂神父：“为什么还要等三个小时？”

神父显然十分惧怕安古斯·奥格，他用颤抖的声音答道：“夜晚。我必须等到天黑下来。”

“为什么？”

多尔蒂神父放开长笛，做了一个快速上提的手势：“把这东西拔出来。”

吉吉盯着神父的脸，不明白神父在说什么。

“时间再次停止，”神父说道，“永远停止。奇那昂格将陷入永恒的黑暗。”他得意地笑了，一边吓得发抖，一边还能发出压抑的狂笑，还真是不容易，“仙族这下完蛋了，你不觉得吗？”

吉吉的脑子有点乱。

“但是，神父，这样做会不会把他们都赶到咱们那边去？”

“可能会吧。”神父说，“但是，如果到了我们的世界，他们就会死亡，像我们一样死亡。他们死后不会得到救赎。他们的造物主几千年来犯下的罪行，只能由他们来弥补。”

“吉吉？”安古斯的声音越来越近了。

“让他出去！”

“我做不到，神父。”吉吉灵光一闪，想到了一个主意，“我觉得您的怀表肯定是慢了。”

“什么？”

“外面已经黑下来了，神父。”

“是吗？”

“您看。”吉吉按下自己手表的时区按钮，希望运气能站在他这一边。他把手腕凑到蜡烛边看了一下。成功了！他转过脸对神父说：“现在是十一点一刻。”

“感谢主。”多尔蒂神父说。

“你在那里干什么？”安古斯的脸出现在爬洞上方，话音刚落，他就进来了。

“快！”多尔蒂神父说，“跟我来。”

神父把长笛从时间之膜上拉出来，往后退了一点，把脚迈入墙中。就在这千钧一发的时刻，吉吉抓住了长笛，做好握紧不放的准备。但很奇怪的是，时间之膜在神父身后关闭后，他只感到了一点轻微的拉力，这点拉力随后就消失得无影无踪。吉吉拿着外曾祖父的长笛，愣在了原地。

时间泄漏停止了。

PART 5

时间归位

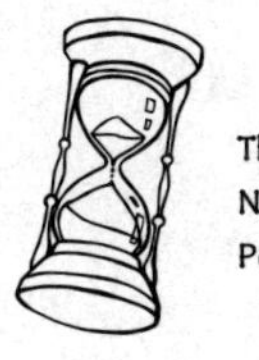

The
New
Policeman

1

中餐馆里，海伦突然觉得浑身轻松，压迫自己多年的重担神奇地消失了。她深吸了一口气，看向塞伦和玛丽亚，这两人正疑惑地看着她，似乎也感觉到了什么。他们三人同时长出了一口气，在椅子上放松下来。环顾餐馆四周，其他客人也是一样的表情、一样的姿势。

他们本来还很担心，时间太紧，没法吃一顿像样的饭，晚上还要赶回去挤羊奶,但是现在,塞伦看了看表,时间绰绰有余。

“有人要甜点吗？”他问。

爱尔兰全境，从东到西，从南到北，以及离爱尔兰很远很远的地方，人们都感受到了同样的轻松。有些人喜好谈论同步性及此类无形的东西，他们会在未来数年里经常提起这一天；有些人对这类问题漠不关心，但这次他们也注意到了。科学家们也有话要说。他们尚不知道奇那昂格的存在，对那支长笛可能带来的致命影响，更是无从知晓，于是他们进行论证，并且得出了不容置疑的结论：时间速度的实际变化超出了可能的范围。他们用模糊的“百猴效应”[①] 来解释这种现象，认为

---

① 科学实验表明，当一定数量的猴子学会新技能后，整个族群都会掌握这一技能，即使大部分成员从未见过该技能如何使用。人们用百猴效应来形容造成意识形态突破的关键参数。不一定是一百，只要达到某个数目，在某个地方形成一种文化或觉醒，其他界线之外的族群也会受感染。

这是一种无法说明但颇为可喜的种族心智变化。很多科学家对这种解释不屑一顾，但就连这些科学家也不能否认，的确发生了变化。他们与地球上其他人一样，经历着一种巨大的变化：时间突然大量增加，日子开始变得从容。

人们很快就调整过来。当然，大部分人不会忘记过去梦魇一样的时代，那个时候，时间宛如暴风中的雪片，嗖嗖地飞舞而去。谁都想不明白，日子怎么会过得那么狼狈。时间很充足，向来都很充足，是他们自己不会正确使用时间，这就是原因。成年人拾起了往日的爱好，记起了儿时痴迷的活动。手工织的毛衣、手套和围巾重新流行起来。工作时间正常了，生活空间丰富了，不管是高层管理人士，还是普通员工，都能在忙完工作后，享受与家人在一起的天伦之乐。对很多人来说，这样的人生体验还是第一次。

孩子们也有自己的新发现。现在，完成了学校活动、家庭作业和刷碗之后，还有很多时间。有时间读书看电视；有时间沿着乡间小路闲逛；有时间拿树枝抽打荨麻果；有时间把大大的白色打碗花从它们的小绿床里抽出来；有时间把橙汁和泥巴混合起来，看看它们会变成什么样子；有时间站在水坑里，看着积水从鞋子旁流过；有时间站在雨里，让雨水把自己淋湿，一定要湿透了才回家。现在他们不用担心这些恶作剧的后果，因为爸爸妈妈有足够的时间，给他们热上一杯牛奶，穿上温暖的睡衣，讲一个睡前故事。故事很长很长，一直走到了他们的梦境中。

2

奇那昂格的人们也感觉到了变化，比起另外一边的世界，他们的反应有过之而无不及。码头上的乐手们首先察觉出了变化，他们放下手中的乐器；舞者们抬头看看天空，再看看彼此，爆发出一阵欢呼声。欢快的音乐再次响起。但安妮·科尔夫想起了一件事，在吉吉·利迪进入奇那昂格时，她跟吉吉说过，要记得回去的路，她希望吉吉没有忘记。她希望自己也没有忘记，从这里怎么走到最近的地宫。她费了好大的劲，才从狂欢的人群中突围出来，准备回家。刚刚走上镇里的大道，她就遇到了赛德纳·多宾，他正站在人行道上，指着炼金材料店，笑得喘不过气来。安妮注意到他手里拿着小提琴。回去的路上，有个人陪伴岂不更好？如果他想停下来拉一两首曲子，又有什么害处呢？

两人相伴往码头走去，看到一只山羊从对面跑过来，德瓦尼在后面不远处跟着。

“挡住它，好吗？”德瓦尼大声叫道，但是太晚了。山羊闪身躲过那两个人，跳到街边，小巧的蹄子敲击着地上的鹅卵石。

3

地宫里的安古斯和吉吉也感觉到了变化，无与伦比的奇妙变化！像久病之人恢复了健康，像新生婴儿呱呱坠地，像长期漂泊的游子回到家中。但他们的快乐没有持续太久，皮皮嘶哑低沉的喘息声传来，听上去非常痛苦。吉吉急忙爬出矮洞，安古斯紧紧跟在他后面。

皮皮四肢摊开，侧躺在墙边，它的呼吸微弱而急促，喉咙里发出咕噜咕噜的声音。吉吉把一只手放在它肩上，发现它的身体已变得紧张僵硬。

“哦，皮皮。”他说，“好起来吧，好姑娘。你拯救了奇那昂格，你知道吗？你不能就这样离开我们。”

“它不会离开了。”安古斯沉重地说，“没有机会离开了。”

但吉吉是农民的孩子，他见过很多垂死的动物。

“我多希望你是对的，”他说，“但我认为你错了。”

“里面发生了什么，吉吉？”

吉吉勉强把注意力从狗身上移开。

“一个神父，多尔蒂神父，”他说着举起了长笛，“把这个插到了墙里。”

“啊！”安古斯说，“原来是那个老家伙干的。”

“你怎么认识他的？”吉吉问。

“我见过他几次。”安古斯答。

“在哪里？”

“这边和那边都见过。”安古斯说，“他一直在两边往返，接近我们，不断劝我们离开他的教区、他的世界。我早就应该想到，他会千方百计阻止我们过去。我必须承认，他这主意太妙了。”

吉吉笑起来：“我想知道他是怎么看现代爱尔兰的。如果他发现我骗了他，会不会穿越过来？你认为他会再试一次吗？”

“不会。”安古斯说，“我非常确定，他不会再试了。”

安古斯转过身，准备爬回里面的房间。

“你要去哪里？”吉吉问。

“放纵一下我的小幻想。”安古斯说完就消失了。

“你要穿越过去吗？”吉吉大声问道。

安古斯没有回答。吉吉抚摸着皮皮的头：“也许我们应该和他一起去。你觉得呢？”

但这次安古斯似乎没有走开。他带着神父的一小截蜡烛爬回来了。

“我们走吧。”他说。

他们两人一同使劲，把身躯沉重的老狗挪出地宫，放到外面。阳光照着皮皮，它已经奄奄一息了。

“我确定它快死了。”吉吉说。

“是快死了，”安古斯说，“但是死不了。”

吉吉慢慢领悟了这个事实。瞌睡虫玛姬曾经说过:“它不会好起来，但也不会变得更差。”可皮皮的情况的确变得更差了，因为时间泄漏到了奇那昂格，但现在……

现在。一切都保持不变。

“吉吉，”安古斯轻轻地说，“你知道的，对不对? 皮皮不是因为多尔蒂神父在地宫，才去了那里面。它只是一条狗。我们在山谷里走来走去，它并不理解我们在做什么。它之所以眷恋你，是因为你是一个笨丁，它以为你会带它去一个开着门的地方。但是你没有，于是它就自己找了一个。动物能感觉到这些地方，你明白吗? 特别是那些跟它以前爬过的小洞差不多的地方。我猜，你会说这是一种本能。”

“可这是为什么呢? ”吉吉问，“它为什么要穿过去? ”

安古斯把手放在皮皮乱蓬蓬的毛发上。

“它来这里是为了逃避死亡。我们不知道它经历了什么，但你可以看到，它的伤势非常严重。受伤之后，它刚好碰到了一个门，就穿越到了这边。它在这边过得不太舒服，但它觉得比死要强。后来，泄漏开始了。”

吉吉点了点头:“时间向前流动，它的状况越来越差。”

“是的。”安古斯说，“它无法忍受这样的生活，不想再逃避死亡，它想回去接受自己的命运。”

皮皮浑身僵硬，发出微弱的呻吟声，不时打着冷战。吉吉胸中生出一股怒火:“我们本来可以帮它的，那它就不至于这么难受。”他说，“在它还没到这个地步的时候，你就应该让我带它去看兽医。”

“但你做不到，吉吉。我已经告诉过你了。”

吉吉面无表情地看着他。

“哦，天哪，”安古斯说，“原来你不明白其中的道理。你还记得奥西恩的故事吗？”

4

发现地宫里的尸体的是新警察。当时并非他执勤，但稀奇的是，他竟然自己主动做了一份侦查工作。本来厄尔利队长几乎要吃了他，因为他又莫名其妙地失踪了，有三天没来上班。这个新发现救了他。厄尔利队长很高兴有人能找到点线索，至少能展示些什么东西，说明警方没有白忙活一场。

地宫的尸体与失踪之人没有任何关联，警方公布这条消息时就说得很清楚，然而，谣言仍然像野火一样蔓延开来。队长命令奥德怀尔回寓所取制服，然后就派他驻扎在镇上的小警署。当天从早到晚，打探消息的人络绎不绝，奥德怀尔实在是疲于应付，因为他知道的也有限。他跟人们说，这具尸体被发现之时，已经高度腐烂，好像在地宫里待了很多年。

法医组正在那里调查取证，然后会把尸体挪走进行验尸。这个过程大概需要几天，之后才能确认死者身份。

不过这些消息足以成为好事之人的谈资。到了傍晚时分，小镇居民已经获悉，那场时代久远的悬案有了结果，地宫里的尸体正是当年消失的多尔蒂神父。

人们普遍认为，这就是当年老吉吉·利迪杀了人的证据。地宫在他家的山地底下，别人怎么可能知道？对杀人犯来说，地宫无疑是藏匿尸体的理想场所。没有人在海伦面前扯这些闲话，可就是海伦本人，也很难找到别的解释。儿子的失踪已经让她痛苦万分，这个新打击更是雪上加霜，海伦的精神垮掉了。

这种情况下，举办凯利舞会已经不可能了。海伦让塞伦给人们打电话，告诉他们次日的舞会取消了。吉吉失踪以来，海伦一直表现得很坚强，但这一次，痛苦打败了她，她躺在床上不愿见人。

星期六中午时分，海伦挣扎着起来了。塞伦和玛丽亚已经给山羊挤完了奶，并把它们赶到外面。天气阴晴不定，一会儿阳光灿烂，一会儿大雨倾盆。海伦从楼上走下来的时候，父女俩正在厨房里玩纸牌游戏。

“是真的，对吗？”她说，“多尔蒂神父的事情。”

“他们现在并不确定是他。”塞伦说。

“他们会确定的，”海伦说，“肯定是他。我希望这一切只是一场梦。”

塞伦站起来，伸出双臂想搂住她，但她躲开了。她走到炉子旁边，把茶壶放到炉子上最热的地方，背靠着它取暖。

“你今天下午有事吗，玛斯？”海伦问道。

玛丽亚有很多事情要做，但现在时间充裕，她并不着急。

“没什么特别的事。”她对妈妈说。

“我现在去做奶酪。”海伦说，“做完后，如果你愿意，我想教你几支曲子。”

5

吉吉盯着地上垂死的狗。他的大脑中，零散的信息再次汇成洪流，排山倒海，呼啸而来，深刻的痛苦也伴随着这洪流一起到来。

吉吉当然记得奥西恩，他是芬恩·麦克库尔的儿子，爱上了仙族的女人，跟她来到奇那昂格，过着幸福快乐的生活。但是过了一段时间之后，他思乡情切，渴望再次见到心爱的爱尔兰。奇那昂格的朋友们都劝他不要回去，但他坚持要回去看一眼，于是他们借给他一匹白马，叮嘱他到了爱尔兰的时候，千万不要下马。

奥西恩骑着白马回到了爱尔兰，发现世上已经过去了几百年，一切都变了。他不认识别人，别人也不认识他。他待在马背上没有下来。后来他遇到了一群人，这些人汗流浃背，正想把横在田地中间的一块巨石抬走。他们请奥西恩帮忙，奥西恩从马背上侧过身子，刚把手放在巨石上，就不慎滑下了马背。在碰到爱尔兰土地的一刹那，他变成了一堆粉末。

吉吉抬头看着安古斯："这就是为什么我不能带皮皮去看兽医的原因？"

"它一到那边，就会变成一把灰尘。"

又一个可怕的念头闯入吉吉的脑海。

"那……那多尔蒂神父呢？"

"一堆枯骨。"安古斯说。

吉吉十分难过。

"我骗了他，安古斯。"他说，"他想留在那里，等到天黑再走，但我告诉他，天已经黑了。"

"好孩子。"安古斯说，惊奇之情溢于言表，"我就说嘛，你不是那么笨的笨丁。"

"你不明白吗？我把他送上了死路。我杀了他。"

"你没有。"安古斯说，"那个神父比我更了解这个世界。他知道他在做什么。"

"但是他不可能那么做，如果他知道自己去了那边就会死，他就不可能穿过那堵墙。"

"为什么不可能？"安古斯反问吉吉，"神父憎恨奇那昂格这个地方，憎恨奇那昂格的人民。他原本就不想待在这里。他是一个牧师，吉吉。我很确定，他渴望去往另一种永恒之地，寻求天父的伟大恩泽。谁知道呢？也许他已经找到了。”

吉吉的目光越过平原，停留在远处的大海上，海面在柔和的阳光下闪闪发光。除非再来一个像多尔蒂神父那样的人，否则奇那昂格将永远如此，永远沐浴在温暖的金色夕阳中。

“我还是回家吧。”

“你可以做你想做的任何事情，”安古斯说，“但我建议你不要回家。”

“为什么？”

“为什么？奥西恩、皮皮和多尔蒂神父，你觉得你跟他们有什么不同吗？”

“这也太荒谬了吧。”吉吉说，“我只在这里——”他突然停了下来。这才是关键所在，这里没有时间。在爱尔兰，可能一千年过去了，但是在这里，它一直是现在。吉吉突然悟到了这可怕的事实。

“往好的方面看。”安古斯·奥格说，“你可以在阳光下漫步，学习新的音乐，还可以跳舞，我听说你舞也跳得不错。”

“但是我的父母呢？”吉吉说。

“别担心他们。他们会想念你，但是在一两支舞过后，他们就会忘了你。”

“不是那样的，他们不会忘的。我们不像你们，安古斯。

我们不住在永恒的现在之中，我们不会忘记。”

“哦。”安古斯说，“好吧，真是糟糕。他们说不定都死了好多年了。笨丁不会永远活着，你知道的。”

“不要这么说！”吉吉情绪激动起来，“不会发生这种事的！”

安古斯伸出手，亲昵地揉了揉吉吉的头发。

“来吧，”他说，“别难过了。你没有办法改变这一切，不如忘了这些烦心事。你属于这里，你跟我们是一样的。”他突然想到了一个主意，“你能吹奏那玩意吗？”

吉吉看着手里的长笛，突如其来的变故让他忘记了它。长笛的两端截然不同，暴露在自己世界的那一端，又黑又脏，满是灰尘，因为在那边的地宫里待了长达七十年的时间。而暴露在奇那昂格的这一端，干净光滑，透着光泽，保持着外曾祖父最后一次吹奏时的样子。吉吉不愿忘记自己的父母，也不想逃避眼前的两难境地，但事实是，一旦进入永恒的青春之地，就很少有人能抗拒它那奇妙的吸引力。

也许安古斯是对的，自己真的什么都做不了。吉吉迷迷糊糊地想着，拉过一把草，擦去了长笛的尘垢和蜘蛛网。用车轮辐条做的笛子十分坚固，在墙里塞了这么多年，仍然完好无损，它仍然拥有漂亮的外观。吉吉把长笛放到嘴边吹了吹，但只发出呜呜声和呼哧呼哧的声音。

安古斯拿出小提琴。“再试一次。”他说。

更多的呼哧声和呜呜声响起，片刻之后，清晰柔和的音符传出来。吉吉的手指本能地按过笛孔，吹出了几个急速的短节。他从未听过这样好听的曲调，难怪外曾祖父如此钟爱这支长笛。

“非常棒的长笛，吉吉，”安古斯说，“是我听过最好的。”

吉吉又吹了几个音符，从这支上了年头的乐器里找到了感觉。安古斯调好小提琴，应和着他吹出的调子。接着，安古斯拉起了一首吉格舞曲。吉吉吹了几个无意识的音符，然后，他找到了这个调子，跟上安古斯的节奏，但他的内心并不安宁。吉吉的目光落在皮皮身上，这只生物被困在了永恒的垂死挣扎中，真是太悲惨了。可是他的担心、他的难过，又有什么用？它的痛苦不会因为他的同情而减轻！既然已经无能为力，为什么还要让自己痛苦？

所以他投入到吹奏中，美妙动听的乐曲一首接一首，除了音乐，他忘记了一切。他抬起头，看到了安古斯的眼睛，感觉到他饱满的情绪。吹着笛子的吉吉没法微笑，所以他只是扬了扬眉，吹了一个高音，长笛的声音瞬间调高了八度。安古斯欢呼了一声，拉着小提琴的手灵活巧妙地变化着，完美回应了吉吉的长笛声。

他们交换了一个眼神，相互点头示意后，换了一首新曲子。两种乐器完美地融合在一起，狂野不羁、激动人心的音乐响彻它诞生的土地。

6

“我们到镇子里去吗？”安古斯说，“看看德瓦尼有没有抓到山羊。”

“我不明白德瓦尼为什么老要追那只山羊。”吉吉说，“为什么不提前把它变成宝思兰鼓呢？”

“他这么做过，结果宝思兰鼓滚下山，掉到海里了。他跑过去捞起来，好长时间才干透……他说山羊是故意整他的。他还说自己再也不敢这么做了。”

“原来如此。”吉吉说。

吉吉拿着小提琴，安古斯抱着狗，一起向山下走去，这次他们选了一条不同的路。山下是一片陌生的红色树林，正好是吉吉家房子所在的地方。下山后，安古斯绕到右边，准备走另外一条路，但是吉吉想看一眼这个地方。

“你介意吗？”他问。

安古斯恼火地说道：“这只狗很重。”

“要不你先走，我一会儿去追你。我不会耽搁太久的。”吉吉笑起来，“可能连一秒钟都不到。”

他们走到树林边上时，安古斯改变主意，愿意跟他一起去看看了。红色的树木高大粗壮，长着茂密弯曲的叶子。

“这是什么树？”吉吉问。

“鸣枫。”安古斯说，“反正你们的世界里是这么叫的。

你们那边的鸣枫树早就被砍光了，最后一棵是在 1130 年被砍倒的。”

“真的吗？为什么？”

“这种树有奇妙的声学特性。在你们早期的教堂和吟游诗人画廊里，有很多鸣枫树，它能把整栋建筑都变成乐器，很奇妙。”安古斯沉浸在回忆中，“但是世上好东西的命运都一样，人们对鸣枫树的需求太大了。这种树能做成最好的乐器。我们这边叫铃树。”

吉吉把手放在最近的红树干上。

“吹几个音符。”安古斯说。

吉吉举起长笛，吹了一支曲子。这棵树发出旋律相同的共鸣声，空气里满是甜蜜、清脆的和声。

“哇哦！”吉吉惊呼。

“在你们的世界，有一个家伙用这种树制作小提琴。”安古斯说，“他有时会派徒弟过来取木材。我记得他住在意大利，叫托尼，对了，托尼·斯特拉迪瓦里。”

“不是安东尼奥·斯特拉迪瓦里吗？”吉吉提出质疑。

“对，就是他。我用过他做的一把小提琴，但不知道落在哪里了……”

“他都死了两百多年啦。”吉吉说。

“噢，是吗？”安古斯说，“很难和你们那边保持同步……你在这里待久了，就能明白我这句话的意思。”

吉吉又对着鸣枫树吹奏了一遍，然后停下来欣赏共鸣的声音。

“我以前认识一个可爱的女孩。”安古斯继续说道，“她让我着迷。但是，我回去看她的时候……哎呀，太可怕了。你们笨丁早晚要变老。”

吉吉心不在焉地听着。对安古斯而言，一切都很自然，他可以在两个世界之间随心所欲地穿越。可是自己呢？却要被永远困在这里，真不公平。

吉吉在树木之间走着。树林中间有一间小屋，和他在这里看到的其他屋子差不多，仿佛是一块掏空的石头，而不是用来居住的房子。看里面空荡荡的，吉吉就没想进去。他在小屋四周徘徊，看不到任何与自己记忆相关的东西。在那个世界里，这里是他出生的地方，而在这个世界，他看到的只有红色树木。吉吉漫无目的地走着，来到家里装着新分机的位置，看到一只非常熟悉的袜子，挂在一棵枫树的树干上。

安古斯来找他的时候，他还在那里盯着袜子。

“你看够了吗？”安古斯问。

“看够了。”吉吉无精打采地说道。他跟着安古斯离开房子，突然间，他听到了，或者说，他觉得他听到了音乐。他转身回去，低头在那个小小的、黑乎乎的门廊里仔细倾听。声音很微弱，但是，他真的听到了。

“你在听什么？”安古斯问。

“音乐。”吉吉答道。

“哦，我听不到。”安古斯说，“快点，咱们走吧。”

“不行，我确实听到了。这里肯定有漏洞。”

“那都是我瞎说的，你不会真的信了吧？”安古斯说，“你不会听到笨丁的音乐，明白吗？那都是无稽之谈。”

但吉吉确实听到了。他先听到一架手风琴的声音，接着是两架，他还听出了曲调，是他最近学过的两首吉格舞曲。现在，他听出了演奏风格，他从出生起就一直在听的演奏风格。

奇那昂格的魅力突然消失了。他转过身来，在树林里寻找着方向，回到他们来时的路上。

安古斯扛着狗，从后面急急忙忙追上来：“你要去哪里？”

“回家。”

“别傻了，吉吉。”

吉吉继续走他的路。

“我没有你想的那么傻，安古斯·奥格。他们还在那里，我能听到他们。我的母亲和妹妹在弹六角手风琴。”

他走出树林，甩开大步继续向前，几乎是一路跑着来到了圆堡的石坡上。

“吉吉！等等！”

吉吉不理他。安古斯花言巧语骗他待在这里，没准还要继续骗他。

“你属于这里，吉吉。”安古斯开始大喊。但吉吉已经下定了决心，他不会再上安古斯的当了。想要拦住他，除非把他变成一只乌龟。就算变成了乌龟，他也不怕，他要回家。

但安古斯的下一句话让他停下了脚步。

“带上皮皮！”

吉吉在山坡上等着安古斯。他当然要带着皮皮，他奇怪自己竟然没有想起来。虽然吉吉并不想这样，但他找不到其他可以结束它痛苦的方式。如果没有多尔蒂神父挡道，它可能早就结束了自己的生命。

多尔蒂神父。吉吉突然不那么想穿过地宫的墙了。他看着安古斯。

“那个神父，”他说，“会不会还在那里？”

“噢，有这个可能。”安古斯说，“哎哟，真恶心。”

吉吉犹豫不决。奇那昂格的诱惑再次袭来。但不知何故，安古斯·奥格心软了。

“不在了。他已经走了，吉吉，人们安葬了他。”

“你怎么知道的？”

“有人找到了他，带走了他的尸骨。”

“但你是怎么知道的呢？”

“对我们来说，在两个世界之间移动，不费吹灰之力。”安古斯认真地说，“你一眨眼的工夫，我们就走了。你还没眨完这次眼，我们就——”

“是呀，是呀，是呀。”吉吉假装不耐烦地说道，安古斯虽然很坏，但吉吉还是忍不住喜欢他，“你要注意一下，你知道吗？你刚才说话的口气就像自己是个神一样。”

安古斯哈哈大笑起来。他们一同走到山上，来到古堡跟前，设法把生不如死的皮皮搬到地宫里。走到最后那个角落时，吉吉用胳膊夹住皮皮的身体，安古斯帮助他拿好了蜡烛和笛子。

“哪天回来跟我一起演奏。”安古斯说。

“一定。我向你保证。”

“你可能会忘记。”

“我不会忘的。我尽量不忘。”

“相信你记起来的东西，吉吉。哪怕它们没什么意义。”

安古斯·奥格拥抱了吉吉一下，要知道吉吉怀中还抱着大狼狗，所以这个拥抱并不容易，但安古斯·奥格不是一般人，他是神，他能办到。吉吉转过身对着墙。他还会来的，他向自己保证。但是这只灰色的大狗回不来了，它曾经跟随芬恩·麦克库尔的脚步行走天下，从古代世界的一端穿越到了另一端，现在，它要永远离开奇那昂格了。

“再见，皮皮。”轻轻说完这句话，吉吉头也不回地踏入墙中。

PART 6

尘埃落定

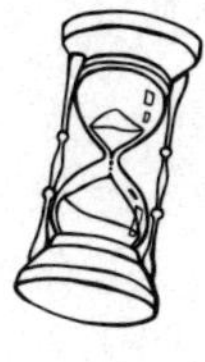

The
New
Policeman

1

塞伦和玛丽亚在盖尔人运动协会[①]的球场观看曲棍球比赛。他们本想说服海伦一起去，但海伦拒绝了。海伦没有办法面对社区的人。也许人们不会在她面前提到多尔蒂神父，但只要人们看着她，她就能感觉到那种无声的询问。每双眼睛背后，都是那堆被发现的尸骨。

吉吉出现在厨房门口，海伦愣愣地看着他。有那么一瞬间，他站在那里似乎是世界上最自然的事情，就好像他刚从校车上走下来一样。当海伦真真切切发现，门口站着的那个孩子就是自己的吉吉的时候，她浑身瘫软，跪到了地上，好一会儿才扶着桌子站起来。

吉吉的行为也很奇怪，他只字未提自己为何无故离家一个月，甚至看都没看海伦一眼，就径直走到屋里，一屁股坐在他原来常坐的椅子上，低头检视自己手里拿着的长笛。

“你去哪儿了？”海伦离开桌子，三步并作两步走到儿子跟前。

吉吉的眼神狂热迷离。他飞快地扫了海伦一眼，又继续盯着那支长笛。

---

① 盖尔人运动协会，成立于1884年，其初衷是发展爱尔兰传统的文化与运动。

“哪儿也没去。”吉吉终于开口了，“我把奶酪给了安妮·科尔夫，然后——”他停住了。他的记忆出现了一个缺口，什么都想不起来了。他只知道自己握着一支长笛，但他不记得从哪里拿到的。“这长笛中间本来有个圆圈的，圆圈两边的笛身不一样，一边新，一边旧。”他说，“现在我看不到这个圆圈了。”

“吉吉。”海伦不知道该说什么。吉吉的外貌跟离家时完全一样，可举止有很大区别。他必须得知道他们有多么担心他。他会告诉自己一切吗？

“这是你爷爷的长笛。”吉吉说，“他的名字刻在上面。看，约翰·约瑟夫·利迪[①]。”

“你在哪里找到的？”

“应该是在地宫里。”吉吉说。

“地宫？你在那里做什么？”吉吉没有回答，他张开从进门起就紧紧攥着的右手，黑色的灰尘从他的手指间扑簌簌落下，落到了磨光的石板上。

“这是皮皮。”他说。

海伦的心沉到了谷底。到底发生了什么？吉吉好像魔怔了。

“这不是麸皮，亲爱的。”海伦温柔地说。

① 约翰·约瑟夫·利迪，吉吉·利迪的全称。

“不是那种麸皮，”吉吉说，“它是一只狗。”

吉吉口里说着这些话，心里却不明白它们的意义。有些东西在记忆的缺口里上下跳动，左右摇晃，是一些没有完整意义的话语和图形，吉吉被这些东西吓到了。他在牛仔裤上擦着手，用脚趾搓着地板上的黑灰。

海伦不敢贸然说话，吉吉明显处于某种错乱状态中，她不知道该怎么帮助他。最后，她想到了他们常用的镇静之物。

“来吧，把你的夹克脱下来。我去煮一壶新茶。”

吉吉坐在那里不动，任凭海伦帮他把夹克脱下来。整个过程中，他一言不发，只是把长笛小心地从左手转移到右手。海伦把夹克拿过来挂到门后，她有点奇怪这件夹克为何如此臃肿。她摸了一下，发现所有的口袋都装着一些柔软的东西。她偷偷把手伸进去捏了捏，里面的东西让她大吃一惊，她更加担心儿子的精神状态了。这些口袋里全都塞满了不成对的袜子。

海伦回头望着吉吉，犹豫着要不要问他袜子的事。吉吉对妈妈的注视浑然不觉，他把长笛放到嘴边，几次试音后，开始演奏一支曲子。海伦定定地站在那里，仔细倾听。她没有听过这首曲子，但对那件古老乐器优美的音色，却有似曾相识的感觉，仿佛那上面的记忆经由她的母亲传到了她身上。

“太美了，吉吉。”吉吉吹奏完后，海伦由衷地称赞道。

“曲名是什么？”吉吉问。

“我不知道。我以前没听过。你在哪里学到的？”

“我想不起来。”吉吉说，但他的脑海中回响着它的旋律，用小提琴、长笛和宝思兰鼓演奏的旋律，他还能看到人们跟着这旋律翩然起舞，“我们今晚有凯利舞会吗？”

“没有。”海伦说，“我取消了。”

“为什么？”

“因为你不在这里。”

“可是我在呀。再召集一下吧。”

“这是你的愿望吗？”海伦问道。

“为什么不是呢？”吉吉反问道。

海伦想了想。对呀，为什么不是呢？凯利舞会正是吉吉所需要的。伟大的乔库里不是说过嘛：“唯有音乐，让人们寻回自己。”想到这个，她心中略感安慰，对吉吉的担忧也减轻了。吉吉回来了，这是最重要的。也许有一天，他会解释自己去了哪里。至于多尔蒂神父，算了，不管他了，利迪家无论如何都要庆祝吉吉的回归。

话虽如此，有些事情还是要处理一下的。

“我们今晚会办凯利舞会，”海伦说，“不过，我得先跟警察打个招呼，告诉他们你回来了。”

“警察？”吉吉问，“为什么要跟他们打招呼？”

吉吉终于发现，原来自己离开了那么长时间。

2

厄尔利队长接到海伦·利迪的电话时，新警察正好来警局上班。吉吉回来是当天他们听到的第二个好消息。就在几个小时之前，药剂师塞德纳·多宾也回到了镇子里。他向大家表示深深的歉意，因为他浪费了爱尔兰警署的时间，他还向每个人保证，这种情况再也不会发生了。在大家的一再追问下，他终于承认，他带着小提琴去外面痛饮了一番。他说这是自己的弱点。他决定——至少目前是这么决定的——把小提琴用挂锁锁在树干里，让他老婆做钥匙的唯一监护人。

“两把钥匙的监护人。”他补充道，以此表明自己的诚意。

现在利迪家的男孩也找到了，只剩下安妮·科尔夫和托马斯·奥尼尔。不出意外的话，他们很快也会回来的。

对戈特的警察而言，星期六总是特别忙碌。厄尔利队长本想亲自去利迪家拜访，但他得坐镇警局。奥德怀尔是他最不愿意派去的人，但他别无选择。警队的其他人员都有任务在身，特里西警官是已经确定的人选，可是他迟迟没有出现。

“他的车在这里，”拉里说，“他的狗在车里，但是他本人不在。”

“我不知道他有一只狗。”队长说，“你只能一个人去利迪家了。说话办事要小心，听到了吗？那个男孩经历了什么，谁也不知道。”

海伦给厄尔利队长打完电话不久，玛丽亚和塞伦就回来了。他们刚开始都是又喜又惊，接着就开始像海伦一样，担心吉吉的精神状态。从大家嘴里，吉吉知道自己离开了一个月，这让他震惊不已，但他还是什么都想不起来。慢慢地，一家人坐下来，说些家长里短的事情，忙点手头的活计，以前的氛围恢复了，这让吉吉放松下来，看上去正常了许多。聪明的姑娘玛丽亚有一套敏锐的感知方式，她找到了让哥哥把注意力集中到当下的最好办法。她跟他说了镇里最近流传的所有八卦，先是告诉他一系列失踪事件，然后就转到一些更无聊的东西上：什么曲棍球投掷比赛的结果啦；什么谁跟谁分手，谁跟谁复合啦；什么镇里跑来一头白毛驴啦，看热闹的人特别多，等等。不过她没提地宫里发现的尸体，塞伦和海伦也没提，反正将来有的是时间。

海伦把警察带到厨房，吉吉认出了他。他刚想叫出那人的名字，就被一种强烈的直觉截住，让他立马紧闭嘴巴。等他再次张口的时候，那个名字和那张脸都滑走了，如同他失去的一个月一样，藏到了他的记忆深处。

玛丽亚去了客厅，给郡里所有的乐手和舞者打电话。警察坐在吉吉对面的餐桌上，海伦和塞伦在犹豫了一两分钟后，坐在火炉两边的扶手椅上。

这次拜访非常短暂。吉吉告诉警察，他什么都想不起来。警察问了吉吉三四个问题，只得到一些串不起来的碎片信息。

吉吉没有提到长笛，海伦仔细思量了一下，觉得还是不提为好。取证人已经检查了地宫，没有想到长笛是他们自己的问题。她不想再连累爷爷。对眼下这种情形，奥德怀尔警官一筹莫展，他可能学过这方面的知识，但他几乎忘光了。他建议两位家长带吉吉去看看医生，如果找不出引起失忆的医学原因，就不妨考虑一下咨询心理辅导师。海伦和塞伦欣然接受了他的建议。

“那么，好吧，”新警察说，“不管怎样，看到小伙子回来，我非常高兴。如果还有什么我们可以效劳的，请告诉我们。”

“您能喝一杯茶再走吗？”海伦问道。

“谢谢您的好意，但我得走了。”

“我们听说您是一位出色的小提琴手。”

“啊，噢。没有人们说的那么好。”

海伦站起身，从墙上取下吉吉的小提琴。

“您见过这样的小提琴吗？”

吉吉很尴尬。海伦老是这样，只要碰到和小提琴沾点边的人，就给人家炫耀他的小提琴。别人只能打个哈哈说，这把乐器真好，不然人家还能说什么呢？

警察把小提琴拿过来，凝视着它，脸上慢慢露出笑容。吉吉观察着他的表情。一些记忆的碎片浮上来，飞快地在他的意识表层流过，但它们像又快又滑的小鱼，他怎么都抓不住。

“见过一次。”奥德怀尔警官把小提琴还给了海伦。海伦很是失落，竟然有人不想拉一下这把小提琴！

“我们今晚有一个凯利舞会。”海伦说。

“凯利舞会，”奥德怀尔说，“很好。”

“如果您能来的话就太好了。”

“非常感谢您的好意，但是我晚上要值班。下晚班后，我一般是直接回家的。”

“好吧，”海伦有点泄气地说，“下个月还有。”

“恐怕那时我就不在这里了。”奥德怀尔站起来向门口走去，“再见，吉吉，”他说，“也许我们会再见面，以后哪一天。”

吉吉没有答话，警察已经走了。吉吉的记忆还在跳跃，像小鱼一样游来游去，但他始终看不清楚。

“奇怪的人。”海伦说。

“是很奇怪。”塞伦说，“你给他看小提琴的时候，注意到他的表情了吗？”

“没太注意。”海伦说，“不过，一个警察，穿着不成对的袜子，你能把他当成正常人看待吗？”

吉吉盯着地板。就是它！捕捉记忆的大网终于出现了，小鱼翻转着、跳跃着，他终于看清楚了。在这个有时间维度的世界里，记忆的碎片飞快地组合、排列，整齐地聚在一起，拼出了一张他从未见过的图画。

吉吉跑到院子里张望。夜幕已经降临，警察走得很快，已经到了下面的公路上，眼看着就要消失在茫茫夜色中了。吉吉跑到大门口，在后面呼唤着他。警察停在那里，等吉吉赶上来。吉吉跑过来后，他问道："你刚才叫我什么？"

"祖父。"吉吉答道。

"哦，"警察说，"那就对了。我怎么听着那么像'安古斯'呢。"

吉吉兴高采烈地走在自己的神仙祖父旁边。

"我可以这么叫你吗？"他问道。

"不可以。"安古斯说，"你是个聪明的孩子，不像那些不明事理的人。"

他们一起往前走着，很高兴这么快又能陪伴彼此。

"你把车停哪儿了？"吉吉问。

"一条沟里。"安古斯说，"我还是不明白，为什么你们认为两辆车可以在那么窄的路上相会。"

"完全可以。"吉吉说，"这是笨丁的魔法。你现在要去哪里？"

"回家。"安古斯说，"我已经有足够的记忆来满足我的幻想了，在家待上一两个世纪都不成问题。再说，我的任务完成了，对吗？漏洞修补好了。"

"干这个有帮助吗？"吉吉问，"当警察？"

"基本没有。"安古斯说，"我都不知道我当时怎么想的。"

他们在沉默中走了一小段路，感受着惬意的沉默。然后安古斯问道：“你会去看我吗？”

“我很快就会去的，”吉吉答道，“但最好先等一等，等这边的事情都安顿下来。”

“你别忘记就行。”安古斯说。

“不会忘的。”吉吉说，“但你会忘记。跳一两支舞，你就忘了我的存在。”

“也许是三支。”安古斯说。

“我能告诉妈妈吗？你怎么看？”吉吉说。

“最好不要。她不会相信你的。要是她相信了，那就更糟了。你们的人好像很难接受比自己还年轻的父母。”

“我也这么觉得。”吉吉说。

海伦在门口叫他了。

“我得回去了。在你回家之前，能做一件事吗？”

“什么？”

“把白毛驴变回托马斯·奥尼尔？”

“没问题！”安古斯说。

安古斯走到大路上，在黑暗将他吞没之前就消失在吉吉的视线里。吉吉会再次见到安古斯，一定。他也会再次见到奇那昂格的其他人。只是，无论是新警察，还是安妮·科尔夫，都不会再出现在肯瓦拉了。

3

人们一致认为，这次凯利舞会是有史以来最成功的。有些人没有来，他们也不会再来，因为他们相信多尔蒂神父被杀的流言，但这样的人少之又少。失踪的四个人里，有三个人活着回来了，大家相信安妮·科尔夫很快也会回来，带着她的小狗洛蒂在小镇里溜达。社区里的居民们放下了心里的石头，恢复了正常的生活节奏。从乐手开心的笑脸和舞者轻快的舞步中，可以看出人们轻松的心情。

吉吉的表现让海伦惊讶万分。在他离开的日子里，他的演奏发生了某种变化。他靠在琴弓上的时候，海伦看到了一个天资聪颖、信心满满的少年。他的节奏动感十足，海伦有生以来从未听过如此精彩的演奏，能用那么优雅的方式演绎那么富有挑战性的乐曲。在他灵巧的手指下，古老的小提琴发出美妙动听的声音，她怀疑斯特拉迪瓦里本人都没听过这么好听的琴音！

最奇怪的是吉吉演奏的新曲调。舞会进行到一半的时候，海伦站起来活动筋骨，舞者们也放松下来，趁着空当聚在吧台周围休息。这时，吉吉做了一件事情，他以前从来没有这么做过，他开始独自演奏一首曲子。

海伦转过身，想走过去跟他一起演奏，但她发现自己并不知道这首曲子。下一首、下下一首，她都不知道。菲尔也不知道；玛丽亚以及当晚到利迪家庆祝的其他乐手，全都不知道。没关系，吉吉似乎不需要伴奏。祖父的小提琴展示出了丰厚醇美的音色，优美的旋律倾泻在谷仓的每一个角落，舞者们随着音乐灵活地变换着舞步。这些舞曲的节奏跟他们以前听过的不同，里面包含着一种新的自由，于是他们打破套路，即兴发挥，一会儿独舞，一会儿对舞。在这新奇美妙的音乐中，他们的四肢和心灵感受到了前所未有的轻盈和自由。

吉吉的脸颊轻轻搁在小提琴的腮托上。他的眼睛出神地凝视着前方，嘴角微微翘起，笑容荡漾在脸上。他浑然忘我地演奏着，像一个生来为跳舞而演奏的男孩，像一个听到过神秘仙乐的男孩，像一个拥有无穷音乐潜力的男孩。他，很快就可以成长为爱尔兰有史以来最伟大的传统音乐家。

其他乐手静静地听着，被吉吉华丽的演奏迷住了。只有吉吉知道，他不是一个人在演奏。只有他能听到，细如柔丝的另外一个世界的音乐之声：安古斯的小提琴，还有德瓦尼的宝思兰鼓，通过奇那昂格边上的鸣枫树泄漏过来，让他拉奏起了可爱的里尔套曲。当最后一首舞曲结束时，他惊讶地发现，自己是在这个世界的谷仓里，更令他惊讶的是，周围的人都在为他鼓掌。他把小提琴紧紧抱在胸前，不好意思地咧嘴笑了。

“你在哪里学到的这些曲子？”海伦问道。她已经回到吉吉身边，坐在自己的座位上。吉吉决定保守秘密，只告诉人们一个失忆的故事。

“我不知道。”他说。

“你得教给我。”海伦说。她喝完了饮料，拿起手风琴，请舞者们准备好跳一支普通的集体舞。

“有什么建议吗？”她问吉吉。

“《德瓦尼的山羊》怎么样？”

“噢，很棒。”海伦说，“我们很久没有演奏过了。接下来呢？”

吉吉提议了另一支舞曲，一支他虽然知道，但记得不太清楚的曲子。海伦同意了。舞者们返回场地，投入地跳起了《德瓦尼的山羊》。吉吉轻松自在地拉完了这支活泼的舞曲。当海伦切换到第二支曲子时，他漏掉了几个小节，但仔细一听后，他瞬间就想起来了。这是一支极好的舞曲。他怎么会忘了呢？

跟自己一样，吉吉通过音乐泄漏听到了那边短暂的犹豫，紧接着，欢天喜地的小提琴和宝思兰鼓加入了演奏，安古斯和德瓦尼也想起来了。吉吉几乎看到了他们脸上的笑容。他有一种感觉，安古斯他们以后会经常参加利迪家的凯利舞会的。

这支曲子结束后，吉吉对海伦说：“妈妈，你有没有注意到，现在的时间比以前多多了？”

“我当然注意到了。”海伦说，“每个人都注意到了。真是太神奇了。”

吉吉笑了。

“那是我送给你的生日礼物。”他说，“你想要时间，我给你买到了。”

“真的吗？”海伦惊奇地问道。她认真地看着吉吉，把这句没头没脑的话当成了一个玩笑。

“真的。”吉吉说，“我刚刚付的钱。”

“是吗？”海伦问，“多少钱？”

“不多。”吉吉笑眯眯地说道，“一点也不多。你会觉得很奇怪，《多德第九舞曲》竟然能买到这么多时间！”

图书在版编目（CIP）数据

寻找时间的人 /（爱尔兰）凯特·汤普森著；闫雪莲译. — 成都：四川文艺出版社，2023.4

ISBN 978-7-5411-6454-5

Ⅰ. ①寻… Ⅱ. ①凯… ②闫… Ⅲ. ①长篇小说－爱尔兰－现代 Ⅳ. ① I562.45

中国版本图书馆 CIP 数据核字（2022）第 180101 号

著作权合同登记号 图进字：21-2022-307

XUNZHAO SHIJIAN DE REN

寻找时间的人

［爱尔兰］凯特·汤普森 著

闫雪莲 译

出品人 谭清洁
出版统筹 刘运东
特约监制 王兰颖 李瑞玲
责任编辑 邓艾黎
选题策划 王兰颖
特约编辑 苟新月 陈思宇
营销统筹 张 静 廖湘慧
封面设计 卷帙设计 QQ:2649686699
责任校对 段 敏

出版发行 四川文艺出版社（成都市锦江区三色路238号）
网 址 www.scwys.com
电 话 010-85526620

印 刷 天津旭丰源印刷有限公司
成品尺寸 145mm×210mm 开 本 32开
印 张 7.5 字 数 150千字
版 次 2023年4月第一版 印 次 2023年4月第一次印刷
书 号 ISBN 978-7-5411-6454-5
定 价 45.00元